U0918783

王维集

〔唐〕王维 著

张一南 编校

山東文藝出版社

以陈铁民《王维集校注》（中华书局，2018年版）为底本，个别文字及作品系年有改动

目录

少年才子
（二十六岁以前）

中年仕宦
（三十五至四十一岁）

王维小传——盛世公子的清冷落寞

马伯庸的小说《长安十二时辰》构建了盛唐长安的一种世相，其中有一个叫“李必”的人物赢得了大家的喜爱。他出身名门，年少多才，地位清高，对大唐长安怀有深深的爱，却又清冷疏离，不时入山修行。作为一个典型人物，“李必”简直满足了今天的读者多方面的期待。

“李必”在历史上的原型是李泌。我对李泌这个人没什么兴趣，因为他实在算不得盛唐的第一流诗人。我喜欢“李必”这个人物，是把他当另一个人的代餐来看的。这个人就是王维。我有一个朋友，想画一个卡通的王维，我就建议他，直接把“李必”的那身衣服拿过来就好。在真实的诗歌史上，王维才是能满足我们以上期待的那一位。

王维是一个美好到难于阐释的诗人，就好像这个人是从天上掉下来的一样。他诗中有绚烂的暖色，记录了盛唐长安的繁华；又有清寂的冷色，背负了千秋士人的高贵。他暖得纯净，又冷得温润。他一个人就是盛唐的两面。李白、杜甫是以盛唐为跳板，在宇宙间大开大合；王维则是固守着盛唐，凝结成了时代的典型。

王维给人留下的印象，是一位温润如玉的贵公子。在一些人看来，他的人生十分顺利，高高在上，平流进取。那么，他为什么并没有像他的弟弟一样当上宰相，为什么选择了半官半隐的生活？他的诗为什么会有那么清冷的色调，让他成为盛唐山水田园诗派的第一代表？他的人生，也会有不如意吗？今天，就让我试着找到王维心底的一滴热泪，融开他笔下清冷的青绿山水。

纯血五姓

王维出身于太原王氏，是典型的中古高门大姓。

太原王氏是唯一既是“东晋门阀”，又是“山东五姓”的家族。太原王氏在唐前文学史上没有留下多少痕迹，在唐代却贡献了一批优秀的诗人。王绩、王勃、王翰、王之涣，都出身于这个家族，就连可能出于琅琊王氏的王昌龄，也亲热地与王维他们兄弟相称。

中古的高门大姓是一个品牌，并不意味着实权和收入，也不意味着与皇权的密切联系。王维的父亲也不过是太守级的官员。事实上，初盛唐的山东高门，跟皇权联系并不密切。

南北朝后期，中国再现了“三足鼎立”的情形，北方是北周和北齐，南方是陈朝。北周大致属于关陇文化，北齐大致属于山东文化。最后的胜利者是北周，隋唐的皇帝都是北周的贵族，隋唐都是北周的直接继承者。北齐和陈朝都是被征服者。所谓山东士族和江南士族，其实都是被征服的士族。

因此，初唐的时候，山东士族对统治者是很不信任的。李世民并非不想和山东士族交好，但他没找到一个肯为他做宰相的山东高门，只得到一个出身于山东二流门第的魏征，当宝贝一样地供着。今天听评书的人，可能不知道魏征在北齐有个阔亲戚叫魏收，但都知道李世民怕魏征，魏征说什么他都会听。山东士族不是从李世民手里拿不到官，只是不去拿罢了。反正在坞壁里已经躲了几百年了，有的是击壤而歌的经验。

江南士族相对听话一点。初唐一直在强调：我们的南方和北方已经合为一体了。其实，这样的宣言，更多地来自关陇士族和江南士族的联盟，他们就不大提北周和北齐的问题。出身江南旧族的褚遂良、虞世南都老老实实地给朝廷效力。当然，他们也都是和魏征一样直言敢谏的角色。

不过，江南也不是人人都这么听话。李世民从江南纳了一位姓徐的才女为妃，我总怀疑他是要跟“只得徐妃半面妆”的萧梁末代君王萧绎比试一下。但是，他好像并没赢。这位徐才女给他写诗说：“千金始一笑，一召讵能来。”你说让我来我就来吗？一个小女子，竟然理直气壮地跟皇帝说这样的话。李唐王朝还对这位徐才女很好，让她跟在长孙皇后后面进了《后妃传》。

李世民给太子李治娶的正妻是太原王氏，是山东高门；娶的头号如夫人是兰陵萧氏，是很早归顺北朝的江南士族。这可以看出李世民的心意，希望李唐皇族跟山东士族世世代代友好下去。可惜，李治跟这两位终于没过到头，还是娶了李世民给自己娶的武则天。

不过，到王维这时候，山东士族的心思也难免开始活动了。毕竟，大唐子民到这时候已经繁衍四五代了，活着的人谁也没有亲身经历过那场征服的战役，还有必要抓着老辈子的那点恩怨不放吗？胜利者的后代，身上还有“虎狼之国”的蛮性吗？被征服者的后代，还不能放下那种仇恨和戒心吗？大唐的光景眼见得一天比一天好了，公私仓廪俱丰实，这是所有人的父祖一起辛勤努力的成果，这个国家怎么看都是值得爱的。既然我们都爱着这个国家，为什么不能接受同样优秀的彼此呢？双方都在试探着，谨慎地向对方接近。

王维是被征服者的后代。他的父系是山东高门，母系也是。他的母亲出身于博陵崔氏，是“山东五姓”中排名第一的门第。像博陵崔氏这样的外家，在王维的成长过程中和做出人生选择时，也是说得上话的。可以说，王维是一个“纯血”的“山东五姓”。

现在一般说王维是蒲州人，其实，他们家是在王维的父亲休官后才搬过去的。中古士族不太重籍贯，因为他们要做官，总是搬来搬去的，不管搬到哪里，也不用亲自上街买菜，受当地文化的影响有限。他们更看重郡望，这才是他们家学教养的来源，也是他们社会身份的标记。王维幼时落脚的蒲州，属于山东地区，但刚出潼关，仍被视为“天子膝下”，受到关陇文化的影响也很深。

没有记载证明王维的先祖到底是太原王氏的谁。往好处想，王维这一支，也许确实很多代没有值得一提的大人物了；弄不好，王维的祖先，是在北齐做过官的，可能抵抗过关陇集团的征服。王维的父亲巴了一个士大夫的边，加上王、崔两家的家底，王维足以得到一个高于当时平均值的生活水平和教育水平，像所有的公子哥一样无忧无虑地长大，但要论与朝廷高层的交情，他们家就实在谈不上了。

王维有一套十分“洋气”的名字。他名维，字摩诘，名和字是连起来的。维摩诘是个音译词，是佛经中一位居士的名字。这个名字取得很有创意，在当年应该也是很拉风的、会被指点“你看他们家孩子的名字就是不一样”的那种。这个名字也说明，王维的家庭是有佛教信仰的。用佛教人物的名字给孩子命名，也是北朝以来的传统。王维一生都与佛很有缘分，特别是在人生失意的时候，会一边寄情山水，一边参悟佛法，这与他童年所受的影响是分不开的。王维也因此获得了“诗佛”的雅称。

其实，王维的精神世界，仍然是以山东儒学为主的，佛学只占据王维精神世界的一个角落。在经历了北朝的文化融合之后，佛教文化本身也成为山东文化的一部分。作为诗佛的王维，并不是从佛经中的极乐世界里走下来的，而是从北齐的传统中走出来的。

王维十五岁的时候，就离开蒲州，去了长安。我们今天没法知道，在他启程的那一刻，王家、崔家对这个孩子的期待是什么。如果说是想“重振家族的辉煌”，未免太抬举他们了，因为他们跟李唐王朝从来没有什么交情。也许他们只是期望，王维能像父亲一样，临老做到太守。也许他们在暗暗担心，这个孩子万一出息了，将来会有好下场吗？毕竟“伴君如伴虎”啊。但是也许，毕竟时代不一样了吧。年轻人有自己的想法，我们总是翻老皇历也不太好吧。临行的那一夜，妈妈和舅舅给王维讲的，应该不是怎样奴颜婢膝投机钻营，而是万一遇到事的话，该怎样全身远祸。

初到长安的王维，就感到了寂寥。在来到长安以前，他已经听过了无数有关长安的故事，在王维的童年记忆里，跟“长安”联系在一起的，不只是神圣和繁华，还会有不少的悲哀与恐怖。此时，这个初到长安的少年，每一根神经都是紧绷的，他太容易把每一点不顺利看作来自长安的恶意。他想家了，尽管家就在不远的潼关之外。关外的广袤土地都可以让他安心，而关内的窄窄数步，就让他与精神家园隔了千峦万嶂。

十七岁时，他写下了著名的《九月九日忆山东兄弟》。今天的人看到这首诗，只是热衷于讨论重阳节的风俗，没有人看到，他怀念的，不是蒲州，不是太原，而是一个如此宽广的“山东”。他是来自山东的孩子，与长安之间始终存在着一种微妙的对立。尽管两个不同的世界已经发生了交流，但这里仍然是“异乡”，他仍然是一个“异客”。插茱萸登高的活动，真的那么值得怀念吗？只因那里是他的家园，每一个生活的细节都是值得怀念的。

而他，已经踏入了另一个世界，被家乡人视为畏途的世界。

关陇与山东的蜜月期

其实，王维在长安的生活，一点都不孤独。

王维到长安，有点像曹雪芹笔下的林黛玉进贾府。他自己处处小心谨慎，敬畏又怀有戒心。东道主这边的老老小小，却都为他的到来兴高采烈，把他稀罕得不得了呢。

王维很快得到岐王的赏识，跟在他身边写诗。岐王是唐玄宗的亲弟弟，是一位地位很高的亲王。按唐代的制度，亲王不能与朝廷官员随便往来，所以王维依附岐王，只能是在他二十一岁得官之前。很难想象，一个可能只有十五岁，最多只有二十一岁的异乡少年，能在长安的大街上认识这样一位权势滔天的亲王。王维家的长辈，也不大可能够得着岐王这样的人物。我这里不负责任地猜测，也许是少年王维才华横溢，在山东士族中已有神童的名声，传到了岐王的耳朵里，岐王出于对山东士族的好奇与仰慕，才把这个孩子邀请到长安，陪伴自己。这件事根本不是王家、崔家推动的，他们也没有权利拒绝。

这是一种私人的邀请，因此具有一定的偶然性，并没有什么法律效力。但对于一个山东士族的普通孩子来说，这绝对是一种惊人的礼遇。这或许可以解释，年仅十五岁的王维，为什么全然不顾文化传统上的隔阂和生活上可能的困难，这样毅然地来到长安，来到长安后却又不急着参加科举考试。

赏识王维的亲王并不止岐王一人，唐玄宗的兄弟们，都对王维很友善。王维频繁出入各家王府，号称“平交王侯”。凭王维自己的父母，显然没有这么大面子。在这些老亲王眼中，王维就是“别人家的孩子”，小小年纪就能写那么好的诗，又温文有礼，是个值得交往和保护的孩子。至于他的家世如何，其实并不重要。反正论权势，哪个山东士族也比不了这些亲王。但是，山东士族又始终是笼罩在王维头上的一道神秘光环，令这些王侯将相无法忽视。

中古的谱牒学很发达，但是在真正的士族看来，考据家世是一件有失风雅的事，当面刨根问底更是不够礼貌，相比之下，他们更愿意相信自己的观感。王维肯定是非常杰出的孩子。关陇贵族见到他，难免会把他的优秀归因于，“到底是太原王氏的孩子、博陵崔氏的外孙”。至于大家没有听说过他的父祖，会被认为是关陇与山东之间的隔绝造成的。这时候谁会去多问一句，轻则暴露自己的无知，重则引发这位山东子弟的不快呢？毕竟，这么好的孩子，家世肯定错不了的。亲王们甚至会想，这么可爱的孩子，哪怕是个平民，又怎么样呢？

一个只有十五岁的孩子，天天与最高级的贵族交往，受到他们的称赞和优待，加上他自己天资不错，原来的家教不错，难免很快被浸润得满身贵气。人们也倾向于把他的一切言行举止，理解为山东士族的教养，带着温润高贵的滤镜去看。就这样，王维被塑造为山东世家贵公子的形象，事实上，他反而更多是借了皇家权贵的力。

还有一个著名的传说：在唐玄宗的妹妹玉真公主主办的一次宴席上，王维经岐王安排，扮作琵琶师的样子，弹了一曲《郁轮袍》。公主看着这位俊美的少年，精通音律，举止有礼，真是说不出地怜爱。这时候，岐王突然告诉她：“这孩子可不是什么乐工，他是来自太原王氏的贵公子，诗写得可好了！”并拿出王维的诗给公主看。公主一看，更高兴了，说：“这就是我平时喜欢读的诗，我还以为是古人写的呢！”在这个故事里，王维的形象大放光彩。论青春美貌和音乐技能，他不输给最好的乐工，论学问修养和文学才华，他写的诗竟又不输给古人。

可惜，这只是一个故事。玉真公主汲引的文士很多，却未必有王维；王维打动的贵族很多，却未必有玉真公主。只不过，风雅而有力量的长公主与青春年少的士族诗人相遇，这幅画面过于美好，在我们的文化中又过于稀缺，使得人们舍不得放弃这种可能性，一直在传诵这个故事。

年轻的关中士族子弟也乐于跟王维交往。皇族子弟李遵，就在这时候开始与王维交好。后来王维因为在安史之乱中陷贼变节而入狱，出狱的时候，李遵还准备了隆重的车马，接他去压惊。即使到了中年，他们的友谊都没有因为世事的翻覆而受到影响。

三朝丞相韦安石，出身于“去天尺五”的京兆韦氏，他的两位公子——韦陟和韦斌，也与王维交游密切。和他们同游的，还有同属“山东五姓”的崔颢和卢象。韦安石对此感到十分高兴，觉得这是儿子们上进的表现。朝中如宋璟这样的元老，也十分赞赏韦氏兄弟与王维等人的友谊。由此也可以看出王维在长安受到的欢迎。我想，这些高官子弟看王维，也是带着一点好奇的。他们或许会想：我们家做了几辈子的官了，我也是从小喜欢念书，但是，这些山东子弟，他们的家教，是不是跟我们不一样呢？王摩诘那么好，一定是他父母教出来的吧，是不是比我的家庭教育高出一筹呢？我是不是还能从他们身上学到点什么呢？我们是不是还能成为一生的朋友，将来一起做点什么呢?

王维二十一岁就高中进士，朝廷没让他守选，就直接给他授了官，让他做太乐丞。王维是典型的清流苗子，而太乐丞是管理音乐的，要跟地位卑下的乐工打交道，有很多实际的工作要干，本来不算是典型的清流官。让王维做太乐丞，无疑是因为他很有音乐才能，另外，也应考虑到当时的历史阶段：此时的唐王朝已经稳定下来，开始了统一而富足的盛世，需要对八代以来因战乱分裂而支离破碎的传统文化做一次全面的梳理与整合。像王维这样的山东旧族，被认为富于旧的礼乐知识，正是该干活的时候。王维在礼乐方面的知识和才能，已获得了长安上层的认可，唐玄宗可能特意想让王维帮大唐整饬一下音乐。这个看起来并非最体面的官职，因为王维做过，也变成了清流官。这就是中古的社会意识，一个官职是清是浊，关键还是看谁做过。

年轻的王维接到这个任命，一定无比得意。他感到，自己的平生所学，被大唐需要着、信任着。任何一个文人，面临这种机会，都会不顾一切地迎上去抓紧的。这时候，王维感到，好日子真的来了。祖辈传说的那些时代，大概是真的过去了。

在长安的这些年，王维写了很多暖色调的诗。其中一部分，是对齐梁乐府的模仿，对历史典故的吟咏，也有篇幅短小的情歌、杂曲，一般用歌行、绝句写成。这一部分，很可能是要配乐演唱的，是王维献给长安的流行歌曲。另有一部分，是对长安生活，特别是岐王府生活的热情歌颂，一般用五七言律诗写成。此时的王维，还没有资格写真正的应制诗，但他为岐王写的公宴诗，倾注了很深的情感，用上了这个少年最精巧的构思，大概是他一生中写得最用力的公宴诗了。从这些作品中，我们可以看到齐梁的遗风，更可以看到盛唐的华美。

原产于南朝的齐梁体其实一直没有很好地进入北齐。当梁朝灭亡，文人北窜时，一本正经的山东士族看了一眼齐梁体，表示嫌弃，只把格律留下了。只有本来几乎是诗歌荒漠的北周，才如获至宝地把庾信他们请进来，认真学习。到了唐代，齐梁体本来是关陇士族和江南士族的特长，山东士族写的近体诗总是比较淡，后来就热烈地投入了复古运动。太原王氏学习齐梁诗风的热情是比较高的，王维也是其中的典型之一。王维如此大力地学习齐梁诗风，或许也是他努力融入关陇文化的体现。

艳丽的齐梁诗风，既是唐人从前代直接继承来的，也是符合少年人心性的。透过那些诗句，我们仿佛看到了少年的王维：他风流好奇，生活精致，又重视学问，凡事都要讲出个规矩来。他不怕成为人群中最惹眼的那一个，只怕别人看不见他。这其实就是盛唐的少年精神，是专属于盛唐少年的千载难逢的骄傲。

王维初入长安的这些年，是关陇少年和山东少年关系很好的一段日子，他们试着放下一切芥蒂，互相学着对方的样子，在一起愉快地玩耍。他们以为这只是一个开始，却不知道这已经是巅峰了，至少，在他们的人生中是如此。

唐玄宗掉了一个粉

文学史上的大诗人，总没有一帆风顺的。当他们春风得意，正以为自己要成就一番大事业的时候，总有一盆冷水会兜头浇下来。就好像民间传说中的狐狸修仙，到了要上台阶的时候，总会有天雷下来劈它。

王维命里的“天雷”，被称作“黄狮子案”。王维上任不久，就利用职务之便，给岐王舞了黄狮子。黄色是天子的专用颜色，这黄狮子只能给天子一个人舞，即使是皇帝最喜欢的弟弟也不能用。王维得官以后，理论上已经有了独立的身份，甚至应该与亲王疏远避嫌的，但是，他与岐王的恩义，岐王对他的控制力，又岂是一下子能斩断的？这次的违规操作，是岐王给他压力，还是他主动孝敬，其实已经不重要了。可以想象，王维给岐王舞黄狮子的时候，一定是一场盛世的狂欢。他们在宣示着很多的东西，这是盛世的繁华与自由，也是老亲王与山东少年的结盟。

舞黄狮子这事，其实说大就大，说小就小。说大，亲王用皇帝的东西，肯定是忌讳；说小，这怎么说也只是舞了个狮子。只不过，这件事传达出的种种信息，会令某些权贵不快。在关陇与山东的蜜月期，王维已经在长安度过了六年的快意人生，这样一位少年才子，就算怎样温润，骨子里总是有一种掩饰不住的疏狂。舞黄狮子这个举动，似乎是一下子把这种疏狂具象化了。

虽然已经是盛唐了，但固守军事贵族传统的老顽固总是会存在的，而且，正因为他们的特权在慢慢丧失，他们更会疯狂地垂死挣扎。向王维这种来自山东的小孩子下手，真是最合适不过了。关陇旧贵族和他们的拥趸会觉得，王维这个小孩子凭什么呢？他不过是手下败将的后代，会一些旧礼乐的奇技淫巧罢了，有必要让他升得这么快吗？他们进而找借口说，岐王他们抬爱这样一个小孩子，一定是别有用心的。现在，他们抓住了王维的错误，一定会拼命要求唐玄宗处分王维的。

唐玄宗最后做出的决定是，把王维赶出京城，贬到济州去做司仓参军。平心而论，这个处罚不算重了。济州司仓参军跟太乐丞一样，都是从八品下，官阶没有降，只是把京官变成了地方官。而且，唐代的基层文官，即使没有犯过错的，也基本都有做地方官的经历，这应该是迁转默认的惯例。低阶的清流文官得罪了权贵，皇帝就让他做同阶的地方官，这只是一种形式上的处罚，几乎只是让他到外地去避避风头，安抚一下朝中的老头子。

如果是宰相世家的孩子，我不知道他会不会对皇帝的这种安排心领神会，但王维这种山东来的孩子不同，他对皇家的信任是很脆弱的。他就像因为好奇走出山林的小鹿，刚刚犹豫着学会从人类手掌心里吃一点东西，只要有一个惊吓，就会唤起他心中的一切疑虑，让他逃回山林中去。

王维为大唐整饬乐制的宏伟计划，还没有展开就中断了。他仿佛从一场黄粱大梦中突然惊醒。经过了几百年的乱世，他的家族最不缺的就是闪避的经验。一个微小的动作，足以唤醒他刻在基因里的全部记忆。他想，皇家果然是不能信任的，老辈子说的话果然还是对的，所以，以后还是要小心，不要再为他们做事了。以贬谪济州为界，王维的诗一下子从齐梁传统转向了山水传统，从暖色调转向了冷色调。其间失落的，是他对大唐王朝的信任。年少轻狂的他，那样恣肆地享乐，那样恣肆地作诗，无非是出于对大唐的信任。他就此决定了沉默，就此回归了自然。

皇皇大唐，最好的状态绝不是让每一个读书人都“老老实实”。大唐最宝贵的财富，其实是信任，人与人之间的信任，士人与朝廷之间的信任。就像《长安十二时辰》里表现出的那样，不管遇到什么样的危险困苦，不管之前有什么样的芥蒂，大家都敢把自己的后背交出去，都敢积极地想办法，这才是盛唐精神。如果每个人都寒心了、沉默了，对大唐失去了信心，那么离灾难也就不远了。

盛唐不是被杨贵妃几颗荔枝吃没的，早在安史之乱前，盛唐就暴露出了种种的问题。像杜甫写的那样，穷兵黩武，“千村万落生荆杞”，是一种危机。像王维的诗表现出的这样，曾经意气风发的少年变冷了，也是一种危机。

自古以来，当一个人开始大力创作山水诗，就说明这个骄傲的人变冷了。在官场上觉得压抑，就会把眼光投向窗外的自然。而贬谪又是一个人的创作力大幅度提升的契机。王维又一次走上了在贬谪中转型为山水诗人的老路。

王维并没有为自己及第和得官写过诗。这是一位有鉴赏力的诗人做出的选择。人在最心满意足的时候不适合写诗。只有在求而不得的时候，在被自己的理想放逐的时候，才是写诗的时候。一位诗人大量地写诗，就说明他的人生走到了这个时候。也许在外人看来，诗人并没有受到什么了不得的打击，但诗人的感受，无法用客观世界的统一标准来衡量。济州之贬，也许从世俗角度来看不算是什么事，却成了王维诗学生命中最大的转折，奠定了他后面大半生的基调。

王维这一次冷下去，再也没有暖回来。他在山水诗人的路上一去不复返了。唐玄宗丢掉了一个粉丝，一个本来很愿意为他做事的粉丝。不过，在唐玄宗自己看来，他可能也不缺这一个粉丝。王维把自己余生的精力，更多地献给了自然山水，献给了诗。

王维去的济州，在今天的山东省聊城市。从长安过去，要横穿整个唐代概念中的“山东”。王维贬谪诗里的风光，自然就是“山东”的风光，比起谢灵运贬谪诗中的南方山水，少了几分绿意，多了几分萧瑟。这里有秋天落日下的灰黄，也有冬日封门的皑皑白雪。这些，是谢灵运不曾见过的。这也成为北方山水进入诗人视野的一个重要契机。

转瞬即逝的光明

王维从济州出来，又去了一个他称为“淇上”的地方。此后，又到吴越、巴蜀游玩了一番，恰好符合古人三十岁“壮游”的要求。这是生长于北方的王维一次实地接触南方文化的机会。王维对禅宗的南宗颇有研究，这次南方游历，或许就是他了解南宗的一个契机。

在这段时间里，王维的妻子也去世了。这难免让王维更加心灰意冷。王维在妻子去世后的三十多年里，一直没有再娶，由此可见他对妻子感情的真挚，也可以看出他一生心思的散淡。

壮游期间，他还结识了后来与他齐名的孟浩然。不过，在王维心目中，孟浩然可能并不是他最好的朋友。他最好的朋友，是同属“山东五姓”的崔兴宗、卢象，是北齐高门的后代祖咏。像孟浩然这样一个郡望不详、屡试不第、寄居襄阳的山野村夫，似乎还是跟李白玩得更好一些。后来的人把王孟放在一起，就是因为他们都写山水田园诗。其实，王维和孟浩然写山水田园诗，是他们各自从《文选》里学来的，不是他们俩商量出来的。王维是上层文士，更温润一点；孟浩然是下层文士，更瘦硬一点。后来的人觉得，这些都不重要了，只有“写什么”是重要的，才会把他俩拉到一起。

王维寄情山水四处游历，其实也是对唐王朝失望，不愿再为唐王朝做事的表现。但是，到了三十四岁的时候，王维悄悄地来到了洛阳，向实际的宰相张九龄献上了诗篇。

张九龄虽然是生长于岭南的寒素，但他在思想意识上认为自己属于山东士族。他在用人上倾向于进士出身的山东士族，也就是像王维这样的人，特别反对关陇贵族的后代凭着军功或一般的基层业绩获取清流高位。张九龄奖掖了一批年轻的进士，在朝廷中形成了一股清流势力。

在张九龄的帮助下，王维回到了朝廷中，出任了他这个级别的第一美差——右拾遗，有机会直接在皇帝面前发表意见了。想当初，王维认识那么多关陇权贵，但这些人在他贬出京城的十四年里，没有一个拉他一把，最后还要等张九龄把他弄回来。相比之下，还是山东士族这边的人靠谱啊。

但是，这时候，王维已经从一个二十一岁的年轻八品官，变成了一个三十五岁的老八品官，早就没有一个拾遗应有的锐气了。他没有什么心思为朝廷效忠，只是对张九龄的知遇之恩感激涕零，把他当作知己，写诗向他倾诉衷肠。一方面对朝廷已经有了心理阴影，一方面又觉得不能不报答张九龄，这时候的王维，心里应该也是有小小的纠结的。

这种纠结没有持续多久，因为接下来的一年，张九龄就罢相了，随即被贬到荆州。接替他的，是臭名昭著的李林甫。这一回，唐玄宗掉的粉丝就不是一个，而是一片了。

王维没有受到此事的牵连，仍然留在朝中，但他对张九龄的离去，感到无比不安和不舍。在他心目中，丞相永远是张丞相。他继续给远在荆州的张九龄写诗，诉说自己的感激与思念。

朝廷还是知道王维的可贵的，还是继续重用他，给他升官。

王维从右拾遗升到了监察御史。按照唐朝的惯例，新升上来的官，都得先做点辛苦的事。于是，王维到河西去慰劳军队了。在那里，他写了几首很好的边塞诗，包括著名的“大漠孤烟直，长河落日圆”。

齐梁以来，边塞诗一直是一种浪漫主义的创作，写边塞诗的人大多没有亲自到过边塞，只是凭着想象写诗。但这样的诗有市场，因为乐府娱乐需要。到了王维这个时候，越来越多的诗人有机会在履行职务的时候到达边塞了。边塞从停留在歌曲中的浪漫想象，变成了眼前的现实。边塞诗也从浪漫主义走向了现实主义。盛唐诗有山水田园诗，也有边塞诗，诗是两种诗，写诗的却未必是两种人。盛唐的诗人，一般都能身兼二职，很少有一辈子只写一样的。其实，这两种诗是两个传统。山水田园诗是《文选》的传统，是士族诗人在皇帝的盛宴上走神。边塞诗是乐府诗的传统，也是宫体诗的传统，跟王维早年写的那些脂浓粉艳的诗，本质上是一样的。

从河西回来不久，王维又被派到岭南去选拔官员了。这同样是一件辛苦而光荣的工作，说明了朝廷对王维的信任。

知南选，是王维人生中第二次见识南方山水的机会，这一路上，自然又产生了好诗。王维还去了孟浩然的老家襄阳，只可惜，这时候孟浩然已经不在人世了。

半官半隐

王维起复后，经济状况似乎不错，在终南山下的辋川买了一个大庄园。当时，士大夫把私人庄园称作“别业”“别野”或“别墅”。我们今天把“别墅”读作“别野”会被嘲笑，在唐人看来，其实也没错。王维的这个庄子，就叫“辋川别业”。

“辋川别业”本来是武则天的文学侍臣宋之问的产业。唐代长安的房子也是很有限的，经常看见一个名人买了上一个名人的房子，一共就那几座好宅子，大家买来买去的。

别墅当然都不会在城里，如果是大的庄园，需要依山傍水，就更得离长安有一段距离。辋川别业就在终南山脚下。不过，终南山已经是离长安最近的大山了，所以非常适合达官显贵隐居。

“达官显贵”和“隐居”，本来是一对矛盾，但往往是达官显贵，才有隐居的需求。达官贵人再隐居，也是与贵族官场有着千丝万缕的联系的，当然不能离大城市太远。终南山虽然是座像样的山，但离长安并不远。隐士跟皇上怄气住到那里，如果回心转意了，随时可以回到长安。如果皇帝回心转意了，到山里找到他们也不难。当时甚至有“终南捷径”这个说法，说本来升不上去官的人，到终南山隐居一下，大家一看你是个名士，就可以升官了。当然，只能在终南山隐居，去更远的地方，别人就找不着你了。所以，在终南山隐居，倒成了升官的捷径。不过，也不是随便一个什么人，到终南山隐居一下，就能升官的。你还是需要先做官，有一定的人脉，熟悉士族的行为规则。隐居终南的意义在于，让别人看到你，但前提是你确实值得看。千万不要认为走“终南捷径”是一件容易的事。

当然，“终南捷径”这回事，只是说明终南山离长安近，住在这里，表明的是一个避世而不彻底避世的态度，不是说明住在这里的人都想走终南捷径。王维应该就没什么走终南捷径的动机。对于这个放逐了张九龄也放逐过他的朝廷，他已经不寄什么希望了。何况，他的官升得并不慢，对他这样一个已经寒了心的人来说，已经升得太快了。

中国的山水诗，从来都是避世者的文学。当一个士大夫对皇帝失望，他就会把目光投向山水。山水从来都不仅仅是山水而已，山水是寒了心的目光。对皇帝失望了的诗人，又会有两种选择。一种是到人迹罕至的深山里游玩，写一般人看不到的景色，证明自己不是一般人，这是真正的山水诗；另一种是躲到自己的庄园里，写庄园里的日常，以此来抗拒外面的世界，这种算是田园诗。事实上，这两条道路都需要一定的经济基础，而且也没法彻底分开。

到了王维这里，山水和田园合流了。在别业里，是既有山水也有田园的，王维经常上一联写奇山异水，下一联就去写田园日常了。王维不是一辈子只写山水田园，但是他的山水田园写得很好。山水田园不是一个流派，而是诗人的一个人格，诗人在抗拒外部世界时的一个人格。

王维在终南山安顿下来，躲开了尘世，但躲得不太远。他的祖辈未必有什么服侍皇帝的经验，但很有躲的经验。辋川别业就是他的坞壁，他躲在里面，一面怡然自得地过着桃花源式的日子，一面充满戒备地观察着外面的世界。如果天气转暖，他随时有可能再冲出去，但他也做好了一辈子不出去的准备。

有人把王维的“半官半隐”理解为他一段时间辞官、一段时间出仕。我觉得不太现实，唐代的官制恐怕不至于由着他这么折腾。有人看到他在经营辋川别业，就想象他像陶渊明一样辞官了，之后马上看到他又在写应制诗，就说他又出仕了，但是这个“辞官”的阶段总是短得令人难以置信。我想，更合理的解释是，王维从来不曾辞官，他在经营辋川别业的时候一直有官职，只是没有把全副精力放在仕进上而已。在不太忙的时候，他就找机会回到辋川别业，但并不真的辞官。这段时间里，他一边写应制诗，一边写田园诗，“官”和“隐”是他在同一时间点的两副面孔。

随着地位的提高，王维与皇帝见面的机会越来越多，写应制诗的规格越来越高，诗艺也越来越纯熟精湛了。只是，很难相信，这样的作品里还有对皇帝真诚的爱。不过，应制诗这种文体，本来就不需要真诚的爱，只要你能拿出富丽堂皇的词藻就可以了。或许，没有真诚的爱，反而更能面不改色地说出最能润色鸿业的话 。

王维也写诗跟周围的士大夫酬答，在这些酬答诗中，已经透露出他对朝廷深深的失望。这个时候，王维已经“佛系”了，已经修炼成了“诗佛”，并不指望在政治上有所作为了。从他的诗可以看出来，他这时候的心已经是空的了。王维并不是在安史之乱之后才消沉的。

这个阶段，王维非常高产，写作了大量高水平的山水田园诗。一个诗人一生中最高产、创作水平最高的阶段，就是他的心最痛的时候。王维的心最痛的时候，就在这段表面上一路加官晋爵的日子。只有山水，懂得他此刻内心的悲凉。

王维在这个时候写了一组五绝，写辋川别业中的山水风景，这组诗被集合在一起，称为《辋川集》，他的好友裴迪也对每首诗都做了唱和。在此之前，五绝主要是继承吴声西曲的传统，是短的情歌，写山水的很罕见。王维用五绝来写山水，是他的创新。我们今天说王维的山水诗有禅意，其实主要是指他的山水五绝。五绝因为篇幅短小，不能像五律那样精细描绘、完整叙述，所以往往只撷取一个特别动人的意境，其他部分留白，反而造成了独特的艺术效果。王维的山水五绝写成这样，可能与佛教影响有关，但首先是与诗体的创新有关。

王维写山水五绝，是为了写他的辋川别业，为每一处风景写一首诗，指明这里的妙处，有点类似贾宝玉为大观园留题对联。此时的王维，无心仕进，一心经营辋川别业，也由此创作了中国山水诗史上的不朽名篇。

王维对朝廷没有热情，却又不干脆辞职，看起来有点不痛快。其实，成年人的世界没有那么多痛快，王维的时代已经不是陶渊明的时代了。王维与朝廷之间，所有的只是一点芥蒂，似乎也不值当辞职。在某种意义上，士大夫辞官归隐，也是对朝廷的一种抬举。在王维看来，盛唐甚至是不值得那么抬举的。又或许，王维对这个朝廷仍然存有一丝朦胧的希望，舍不得就这么走远。毕竟，他还是那个十五岁就告别了山东老家，满怀憧憬来到长安的少年。

告别盛唐

生在盛唐，是一件令人羡慕的事。宋人王安石就曾写道："愿为五陵轻薄儿，生在贞观开元时。斗鸡走犬过一生，天地安危两不知。"能生在盛唐的长安，哪怕只是做一个街头的小混混，也是几百年未必有一次的好运气了。王维不仅生在盛唐，还是盛唐的少年才子，年轻时出入王府，中年时在辋川别业看山写诗，按说是一个运气很好的人了。

可惜，中国历史上的盛世太短了，短得容不下一个人的一生，王安石想象的一生无忧无虑的人，是不存在的。即使是王维这样开元早期的人，也难免临老赶上了"安史之乱"。

"安史之乱"的时候，王维五十五岁，任给事中。给事中是门下省的清要之职，负责审核皇帝的诏书，对不合理的诏书有驳回的权力。唐代这一约束帝王权力的制度，为后世所津津乐道，甚至给了后世的民主制度一些启发。在当时的历史语境下，这个制度表达了皇权对士大夫的尊重。

平心而论，朝廷还是很重用王维的，这个监督性的岗位，非常适合他这样有一定威望的山东士族。有一些权力是朝廷不能让渡的，但朝廷还是尽可能地给了王维应有的礼遇。

这个职位，在朝廷中是个显眼的存在。安禄山打进来之后，当然不会放过他。在叛军看来，杜甫要跑可以跑，王维是必须留下来给他们效力的。即使是破坏文明的野蛮人，这时候也知道找王维这样的人来装点门面，觉得自己的政权也需要一个给事中。

王维对此是强烈抗拒的，为了不在伪政权任职，他不惜残害自己的身体。在关键时刻就可以看出来，王维对李唐还是有感情的。正像《长安十二时辰》里说的，这个长安，我们平时骂它一万遍，但是说要离开它，却怎么也舍不得。盛唐并没能照顾好它的每一个臣民，但在危难时刻，盛唐的臣民仍然尽自己的所能，爱着他们的大唐。

王维越是抗拒，安禄山越是不放过他，强行给他授予了伪职，并把他关押在菩提寺。此时的王维，正如他笔下的息夫人一样，屈辱，无奈，悲伤地怀念着原来的君王。

裴迪来探望他，告诉他，逆贼正在凝碧池作乐。一生热爱音乐，想要为大唐修整乐制的王维，再也无法控制情绪，落下了眼泪。他那已经遥远的少年的梦，终于被彻底地粉碎、践踏。这件事在安史之乱中远不是最悲惨的，却触动了诗人心中最柔软的点。他背着敌人，偷偷地写下了“万户伤心生野烟”一诗。

写这首诗的时候，王维并不知道李唐还有恢复的希望，并没打算留着这首诗做什么凭证，相反，写这首诗是冒着极大的风险的。诗中那种极度压抑的情感，装是装不出来的。诗是不会骗人的，因为它总是在诗人不注意的地方留下痕迹。“安史之乱”平息后，朝廷开始清算陷贼变节的大臣，王维因为也在伪政权的任职名单上，也受到了追究。但是，朝廷看到了他在乱中写下的这首诗，就相信了他对李唐的忠心，相信了他接受伪职实非自愿，因而原谅了他。毕竟是盛唐的朝廷，还是懂诗的，他们懂得诗的意义，相信诗具有反映人心的力量，也懂得诗人的心。他们会看诗，知道写成什么样的诗，是出于忠心的人。盛唐之所以能攀上诗的最高峰，不是因为士人要靠诗博取功名，而是因为就连执政者也能看懂诗。

朝廷不再追究王维，仍然重用他，授予他“集贤殿学士”的荣誉头衔，提拔他做中书舍人，做皇帝的私人秘书。这充分说明朝廷仍然把他视为清流之士，给予极大的信任。王维对此一面感激涕零，一面惶恐不安。他的晚年似乎一直在为陷贼“变节”而忏悔。

其实，王维在“安史之乱”中的表现，没有什么对不起朝廷的地方。他之所以这么做，说到底，还是对这个朝廷有些生分。至于他对这个朝廷的爱，他曾经为这个朝廷吃的苦、冒的风险，他宁愿永远地埋在心底。

唐肃宗回到长安之后，想要重振盛唐的辉煌。在一次大明宫早朝后，同任中书舍人的贾至写了一首诗，歌颂朝堂的威仪，借以歌颂中兴后的大唐。王维、杜甫、岑参都写了和诗。这些在盛唐的滋润下成长的诗人，用自己的彩笔，为盛唐留下了最后的美丽面影。后人把这组诗当作典型的盛唐来瞻仰，其实，这成为人们对那个辉煌时代的告别。

王维最后做到尚书右丞，在尚书省管理兵、刑、工三部，官正四品下。后世称王维为“王右丞”，就是从这里来的。王维活到六十一岁，在临终前，他立下遗嘱，把他的辋川别业捐作了僧寺，以圆满他作为一个佛教居士的心愿。在生命的最后一天，他还给弟弟和好友们写了信，劝他们奉佛修心。据说，他写完信，刚放下笔，就去世了。

与很多人的想象不同，即使是盛唐，也不是人人豪迈，人人热情地歌颂这个盛世。这个时代也有柔情，也有忧伤，也有清冷。那些难免千篇一律的热情歌颂，往往是不容易被后人喜爱和记住的。反而是那些不那么高调的东西，会留在人们的记忆里，记录着这个时代曾经到达过的精神高度。

王维曾经与盛唐相爱，但他终究成为这个时代冷静的旁观者。在纵情山水的皮相之下，包裹的永远是士族的风骨与落寞。

从六朝诗人的手中，王维接过了他们的演出服，在自己的时代舞台上完成了自己的精彩演出；他默默地将士族的气质传给了中唐以后的诗人，自己却被遗忘在了那一片风景中。与李白、杜甫一样，王维也以自己的方式，完成了六朝与中唐之间的转换，履行了一个盛唐顶级诗人的使命。王维仿佛一个藏在背后的神灵，无声地庇佑着此后的诗歌历史。

少年才子

（二十六岁以前）

王维十五岁的时候，就离开蒲州，去了长安

九月九日忆山东[1]兄弟

十七岁的王维，离开故乡，到长安来求官，到了重阳节，想家了。他怀念的家乡，不是蒲州，不是太原，而是一个广阔的文化区域：山东。王维出身于太原王氏，属于山东高门。初唐时，山东高门对李唐王朝还有戒心，不肯出来做官。到王维这一代，才出来求官。但是，王维真的放下了一切戒心吗？这或许就是他为什么这么孤独吧。盛唐的七绝，有很多还是流行歌曲。王维的这首诗，明显放进了非常个人化的经验，为后世的文人七绝透露了先声。

独在异乡为异客，每逢佳节[2]倍思亲。

遥知兄弟登高处，遍插茱萸(zhū yú)[3]少一人。

---

1. 山东：华山以东。指华北的广大地区。
2. 佳节：一作“嘉节”。
3. 茱萸：一种香草。古代重阳节，有登高、插茱萸的风俗。

洛阳女儿行

王维十八岁的时候写的。少年的王维，写诗是学齐梁的。这首诗就是一首漂亮的齐梁式歌行，有对仗，有铺陈，写城市，写美人，写青春。他对这些有批评，但批评的对象本身总是有令人神往之处。王维是懂音乐的，人们传说，他曾经因弹琵琶得到公主的赏识。他出入声色繁华之地，过着绚丽多彩的生活。他的少年诗作，也呈现出艳丽的色彩。少年的王维，既博学，又风雅，在长安得到了不少人的追捧。现在想来，也是令人艳羡的。

洛阳女儿对门居，才可容颜十五余。[1]

良人玉勒乘骢(cōng)马，侍女金盘脍(kuài)鲤鱼。[2]

画阁朱楼尽相望，红桃绿柳垂檐向。

罗帏送上七香车，宝扇迎归九华帐。

狂夫[3]富贵在青春，意气骄奢剧[4]季伦[5]。

自怜碧玉[6]亲教舞，不惜珊瑚[7]持与人。

---

1. “洛阳”二句：暗用梁武帝《河中之水歌》。原诗说，洛阳有一个名叫莫愁的美女，十五岁嫁到了卢家。这里的“洛阳女儿”是一位刚刚嫁入名门的少妇。
2. “良人”二句：写洛阳女儿家的排场。勒，马嚼子。玉勒、金盘是夸张写奢华。骢，一种名贵的马。脍，切成生鱼片。
3. 狂夫：这里指洛阳女儿的丈夫。
4. 剧：胜过。
5. 季伦：石崇的字。石崇是西晋著名的富豪。
6. 碧玉：乐府中常见的美女名。这里指家中的歌妓。石崇家有歌妓名绿珠。
7. 珊瑚：石崇与王恺斗富，打碎了王恺珍贵的珊瑚，然后拿出了多个更值钱的珊瑚炫耀。

春窗曙灭九微火，九微[1]片片飞花璅（suǒ）[2]。
戏罢曾无理曲[3]时，妆成只是薰香坐。
城中相识尽繁华，日夜经过赵李家[4]。
谁怜越女[5]颜如玉，贫贱江头自浣纱。

---

1. 九微：灯名。
2. 花璅：雕花窗格。
3. 理曲：温习曲子。
4. 赵李家：贵戚之家。
5. 越女：指西施，这里代指穷人家的美女。

寒食城东即事

这是一首仄韵七律，形式上很有特点。七律是形式特殊的歌行，盛唐的这类作品，保留了七律脱胎于歌行的痕迹。这首诗采用“蜂腰格”，只有颈联对仗，句法流畅随意，表现出少年的潇洒通脱。

清溪一道穿桃李，演漾[1]绿蒲涵白芷（zhǐ）[2]。
溪上人家凡几家，落花半落东流水。
蹴鞠屡过飞鸟上，秋千竞出垂杨里。
少年分日作遨游，不用清明兼上巳。[3]

1. 演漾：水流动起伏的样子。
2. 白芷：水边生的一种香草。
3. “少年”二句：少年们等不到清明和上巳，春分就出来游玩了。分日，春分日。上巳，三月三。

老将行

齐梁式的歌行，表现出浪漫主义的精神。此诗写出了一位老将的英雄气质。全诗格律谨严，多用对仗。全诗共分三韵，前两韵都各自含有四组工整对仗，已经接近七律甚至七言排律了。齐梁式歌行的精致形式，经由“初唐四杰”的发展，在王维手中达到了极致。这种浪漫奢华的作品，也表现出了少年才气，并非老境。这首诗中用了很多汉代的典故，由此可见王维对史书的熟悉。这对后来李贺、李商隐的浪漫主义创作中多用典故的写法很有启发。

少年十五二十时，步行夺得胡马骑。
射杀中山白额虎，肯数邺下黄须儿。[1]
一身转战三千里，一剑曾当百万师。
jí lí
汉兵奋迅如霹雳，虏骑崩腾畏[2]蒺藜[3]。
jī
卫青不败由天幸，[4]李广[5]无功缘数奇[6]。
自从弃置便衰朽，世事蹉跎成白首。

---

1. “肯数”句：曹操之子曹彰，黄胡须，有勇力。此句意为，对曹彰这样的勇力之士也不屑一顾。
2. 畏：受困于。
3. 蒺藜：这里指铁蒺藜，战场上为敌人设埋伏的障碍物。
4. “卫青”句：卫青，汉朝大将，出征匈奴有奇功，其外甥霍去病也立有奇功，在《史记》中与卫青合传。“不败由天幸”本是说霍去病的。这里是泛言老将的英雄事迹与古人相似，为照顾诗歌形式，捏合了古人的事迹。
5. 李广：汉朝大将，屡立奇功但迟迟不能封侯。
6. 数奇：运气不好。

昔时飞箭无全目，[1] 今日垂杨生左肘[2]。
路旁时卖故侯瓜[3]，门前学种先生柳[4]。
苍茫古木连穷巷，寥落寒山对虚牖（yǒu）[5]。
誓令疏勒出飞泉，[6] 不似颍川空使酒。[7]
贺兰山下阵如云，羽檄交驰日夕闻。[8]
节使[9]三河[10]募年少[11]，诏书五道出将军。[12]

---

1. “昔时”句：传说古代神射手，可以准确射中雀鸟的眼睛。飞过的雀鸟都眼目不全，言其射术高超。飞箭，一作“飞雀”。
2. 垂杨生左肘：《庄子》中写一个人得病，肘部长出了一棵柳树。后代有人认为，“柳”就是“瘤”，其实是没有理解庄子的奇特想象。这里，王维认为肘部长出的就是柳树，柳树长大，甚至可以长成“垂杨”。这里形容老将衰老，关节僵化畸形。
3. 故侯瓜：秦国的东陵侯在汉朝以卖瓜为生。这里形容老将引退后过上了平民的生活。
4. 先生柳：陶渊明隐居处有五棵柳树，自称“五柳先生”。这里形容老将引退后像陶渊明一样隐居了。
5. 虚牖：开着的窗户。此二句写老将引退后的居住环境。
6. “誓令”句：汉代耿恭在疏勒城与匈奴交战时断水，有井水突然涌出，解救了他们的困境。
7. “不似”句：汉代灌夫失去兵权后，在颍川的家中酗酒使气。此二句写老将仍想为国家出力，不想就此消沉下去。
8. “贺兰”二句：谓前线又起战事，征调军队的紧急文书不断下达。
9. 节使：拿着天子符节的使臣。
10. 三河：河东、河内、河南三郡，即古“山东”的核心地区，最为富庶文明的地方 。
11. 募年少：招募少年人从军。
12. “诏书”句：下诏让将军们分五道出兵。

试拂铁衣如雪色，聊持宝剑动星文[1]。
愿得燕弓[2]射天将[3]，耻令越甲鸣吾君。[4]
莫嫌旧日云中守[5]，犹堪一战取功勋。

1. 星文：即七星文，宝剑上的装饰。
2. 燕弓：燕地产的良弓甚为出名。
3. 天将：匈奴自称“天之骄子”。
4. “耻令”句：以敌人甲兵惊动国君为耻。语出《说苑·立节》。
5. 云中守：即魏尚，曾被削职弃用。这里指引退的老将。

陇头吟[1]

齐梁式歌行，少年浪漫之作。高岑以前，边塞诗多为浪漫之作。

长安少年游侠客，夜上戍楼看太白[2]。
陇头明月迥临关，陇上行人夜吹笛。
关西老将不胜愁，驻马听之双泪流。
身经大小百余战，麾下偏裨(pí)[3]万户侯。
苏武才为典属国，[4]节旄落尽海西头。

---

1. 陇头吟：乐府古题。
2. 太白：太白星，主兵象。
3. 偏裨：副将。此句意为，旧日的老部下都封了万户侯。
4. “苏武”句：苏武北海牧羊十九年，归国后担任典属国，负责对外事务，俸禄级别相当于郡守，没有加封爵位。

桃源行

借陶渊明笔下的桃花源故事，重在写山水田园，宛如一首清丽的山水田园赋。这也是一首严谨的齐梁式歌行。

渔舟逐水爱山春，两岸桃花夹古津。
坐看红树不知远，行尽青溪不见人。
山口潜行始隈隩（wēi yù）[1]，山开旷望旋平陆。
遥看一处攒云树，近入千家散花竹。
樵客初传汉姓名，居人未改秦衣服。
居人共住武陵源，还从物外起田园。
月明松下房栊静，日出云中鸡犬喧。
惊闻俗客争来集，竞引还家问都邑。
平明闾（lú）巷扫花开，薄暮渔樵乘水入。
初因避地去人间，及至成仙遂不还。
峡里谁知有人事，世中遥望空云山。
不疑灵境难闻见，尘心未尽思乡县。

---

1. 隈隩：道路弯曲。

出洞无论隔山水，辞家终拟长游衍[1]。
自谓经过旧不迷，安知峰壑今来变。
当时只记入山深，青溪几曲到云林。
春来遍是桃花水，不辨仙源何处寻。

1. 长游衍：长期出游。这里指到桃源定居。

相思

儿女情思，当是少年在长安弹琵琶时所作。安史之乱后，老年的李龟年流落南方，唱起这首歌，令人感慨不已。在开元全盛之日，李龟年大概经常在长安唱这首歌，歌者和诗人都无限风光。红豆于秋天结实，“春来发几枝”是后人因为不理解而抄错了。盛唐的绝句还大多是流行歌曲，五绝更是轻便的小调。初盛唐的五绝也往往继承吴声西曲的传统。

红豆[1]生南国，秋来发故枝。

愿君多采撷[2]，此物最相思。

---

1. 红豆：一种观赏植物，艳丽有毒，并非平时食用的红豆。
2. 采撷：采摘。

杂诗

轻便的小调，写给乐工传唱，不必坐实到王维的个人生活。抒发了感人的思乡之情。

君自故乡来，应知故乡事。
来日绮窗[1]前，寒梅著花[2]未。

1. 绮窗：窗格做成图案的窗户。
2. 著花：点缀上花朵。“开花”的诗化说法。

早春行

歌行也有五言体，在王维、李白的时代实现了最后的辉煌。此诗写一位春景中的少女，很有齐梁风味。

紫梅发初遍，黄鸟歌犹涩。
谁家折杨女，弄春如不及。[1]
爱水看妆坐，羞人映花立。
香畏风吹散，衣愁露沾湿。
玉闺青门里，日落香车入。
游衍益相思，含啼向彩帷。
忆君长入梦，归晚更生疑。
不及红檐燕，双栖绿草时。

1. “弄春”句：迫不及待地在春景中游玩。

从岐王过杨氏别业应教[1]

王维少年在长安时，经常参与贵族的宴会，写下了一些宴会诗。这些作品继承宫体宴会诗的写法，但又不那么浓艳，精致而清丽。此诗颈联还是典型的宫体，颔联却已显示出盛唐的情致。

杨子[2]谈经所，淮王[3]载酒过。
兴阑[4]啼鸟换，坐久落花多。
径转回银烛，林开散玉珂。[5]
严[6]城时未启，前路拥笙歌[7]。

1. 应教：应亲王的命令作诗。此处即应岐王的命令作诗。
2. 杨子：汉代学者杨雄，一作“扬雄”。这里是以杨雄比喻别业的主人“杨氏”，关合其姓氏。杨氏名字、生平未详。
3. 淮王：汉代淮南王刘安，喜欢与学者讨论学术。此处比喻岐王。
4. 兴阑：兴尽。
5. “林开”句：到了野外的开阔地带，同行诸人的马散开了。林，郊外。玉珂，马上的华丽装饰。
6. 严：戒严。唐代的城市夜晚实行宵禁。
7. 拥笙歌：亲王出行时有乐队跟随。尾联写岐王到天将明时才从杨氏别业回城，说明岐王与杨氏情谊之厚。

从岐王夜宴卫家山池应教

宫体佳作。王维并非一味清远，也有这样的作品。

座客香貂满，宫娃绮幔张。
涧花轻[1]粉色，山月少[2]灯光。
积翠纱窗暗，飞泉绣户凉。
还将[3]歌舞出，归路莫愁长。

---

1. 轻：轻于。
2. 少：少于。
3. 将：送。

敕借岐王九成宫避暑应教

此时七律还是新兴的文体，王维是较早较多创作七律的诗人。此诗用七律来写宴会，写山水，是在尝试承担宫体诗的功能，甚至跟《文选》传统也有一定联系。此诗首联对仗，首句不入韵，与标准七律体式不同，或非全作，而只是一首歌行的节选，被后人“追认”为七律。

帝子[1]远辞丹凤阙[2]，天书[3]遥借翠微宫[4]。

隔窗云雾生衣上，卷幔山泉入镜中。

林下水声喧语笑，岩间树色隐房栊。

仙家未必能胜此，何事吹笙向碧空[5]。

1. 帝子：指岐王。
2. 丹凤阙：大明宫的宫门。
3. 天书：皇帝的诏书，即题目中的“敕”。
4. 翠微宫：有着秀丽山水的行宫。
5. 向碧空：上天。指成仙。

观猎

以五律写边塞，是宫体传统。这种华丽的边塞诗是浪漫主义创作，不需要身临其境。此诗同样是王维学齐梁的证据，很有可能是少作。颔联体物入微，颈联仅称地名就营造出了气势，借鉴了赋的写作经验。

风劲角弓[1]鸣，将军猎渭城[2]。

草枯鹰眼疾，雪尽马蹄轻。

忽过新丰市[3]，还（xuán）归[4]细柳营[5]。

回看射雕[6]处，千里暮云平。

---

1. 角弓：用兽角做装饰的弓。
2. 渭城：在今陕西咸阳东北。
3. 新丰市：在今西安市临潼区东北新丰镇。
4. 还归：同“旋归”，即刻回到。
5. 细柳营：在渭河北岸，汉代名将周亚夫的军营。这里泛指军营。
6. 射雕：汉代匈奴人善射，称“射雕人”。

燕支[1]行

华丽精致的歌行，浪漫的边塞歌吟。

汉家天将才且雄，来时谒帝明光宫。

万乘亲推[2]双阙下，千官出饯五陵东。

誓辞甲第[3]金门[4]里，身作长城玉塞[5]中。

卫霍[6]才堪一骑将，朝廷不数贰师[7]功。

赵魏燕韩[0]多劲卒，关西[9]侠少何咆勃[10]。

报仇只是闻尝胆[11]，饮酒不曾妨刮骨[12]。

画戟雕戈白日寒，连旗大旆(pèi)[13]黄尘没。

---

1. 燕支：山名。汉朝曾从匈奴手中夺得燕支山。
2. 亲推：亲自推车轮。古代帝王以此表现对出征将军的尊重。
3. 甲第：第一等的住宅。
4. 金门：金马门，这里代指朝廷。
5. 玉塞：玉门关。这里是泛指边塞。
6. 卫霍：西汉名将卫青、霍去病。
7. 贰师：名将李广利。此二句是说，卫青、霍去病、李广利的功劳，相形之下都不值一提了。
8. 赵魏燕韩：战国七雄中的四个，都在山东地区，这里指山东地区。
9. 关西：指关陇地区，与上句山东地区相对。
10. 咆勃：发怒的样子。
11. 尝胆：春秋时，越王勾践为了报仇，曾卧薪尝胆。
12. 刮骨：三国时，关羽曾刮骨疗毒。
13. 旆：旗子。

叠鼓[1]遥翻瀚海[2]波，鸣笳[3]乱动天山月。
麒麟锦带佩吴钩，飒沓青骊跃紫骝。
拔剑已断天骄臂，归鞍共饮月支[4]头。
汉兵大呼一当百，虏骑相看哭且愁。
教战虽令赴汤火，终知上将先伐谋。

---

1. 叠鼓：击鼓。
2. 瀚海：沙漠。
3. 笳：胡笳，北方少数民族的一种乐器。
4. 月支：即月氏，古部族名。匈奴单于曾杀月氏王，以其头为饮器。

晚春闺思

齐梁宫体，勾勒出动人的女性形象。

新妆可怜[1]色，落日卷罗帷。
炉气清珍簟(diàn)[2]，墙阴上玉墀(chí)[3]。
春虫飞网户[4]，暮雀隐[5]花枝。
向晚多愁思，闲窗桃李时。

---

1. 可怜：可爱。
2. 簟：床席。
3. 墀：台阶。
4. 网户：窗格图案繁复如网的窗户。
5. 隐：藏。

赋得清如玉壶冰[1]

命题作文，以“壶”为韵。十九岁进士及第时所作，那个年代的“模范作文”。扣着“清”和“冰”两个元素来写。全用赋体，卒章显志。

玉壶何用好，偏许素冰居。
未共销丹日[2]，还同照绮疏[3]。
抱明中不隐，含净外疑虚。
气似庭霜积，光言砌月余。
晓凌飞鹊镜[4]，宵映聚萤书[5]。
若向夫君比，清心尚不如。[6]

1. 清如玉壶冰：鲍照《代白头吟》中的诗句。“赋得”即“以……为题”。
2. 销丹日：在太阳下融化。
3. 绮疏：窗户上做成图案的格子。
4. 飞鹊镜：古代传说，镜子可以化作喜鹊飞走，所以很多镜子用喜鹊做装饰。
5. 聚萤书：晋人车胤家贫用不起灯油，就捉萤火虫来照明。
6. “若向”二句：夫君，您，古代常用作女子对丈夫的称呼。末句点题，回到鲍照《代白头吟》的语境，说尽管玉壶之冰如此之清，却清不过夫君您的心啊。

扶南曲歌词　其一

王维中进士后，出任了太乐丞。太乐丞要跟乐工打交道，本来属于浊官，不是世家子弟的首选职位，王维出任太乐丞，与他对音乐的爱好有很大关系。因为王维担任过太乐丞，这个职位反而变成了清官。《扶南曲》始于隋朝，是隋炀帝征扶南（今柬埔寨）带回的乐曲。王维可能是在出任太乐丞的时候为这个曲牌填的词。这个曲牌是三韵，与绝句和律诗都不同，王维就用齐梁宫体诗的体式来拟。齐梁宫体诗本有三韵体，中间一联对仗，形如一首压缩了的律诗。

翠羽流苏帐，春眠曙不开。

羞从面色起，娇逐语声来。

早向昭阳殿，君王中使[1]催。

1. 中使：皇宫中的使者，指宦官。

扶南曲歌词　其五

前首押平韵，这首押仄韵，是不同的尝试。

朝日照绮窗，佳人坐临镜。
散黛[1]恨犹轻，插钗嫌未正。
同心[2]勿遽游[3]，幸[4]待春妆竟[5]。

---

1. 散黛：一种化妆术，将黛色的眉粉敷在眉上。
2. 同心：志同道合的好友。
3. 遽游：仓促出游。
4. 幸：希望能够。
5. 竟：完成。

陇西行

《陇西行》是乐府旧题，南朝常用，写作者未必都到过陇西。用齐梁三韵体写边塞，也是学习宫体的尝试。可能与《扶南曲歌词》是同类作品。

十里一走马，五里一扬鞭。
都护[1]军书至，匈奴围酒泉[2]。
关山正飞雪，烽戍断无烟。

1. 都护：汉代官名，西域的最高长官。
2. 酒泉：陇西地名。

少年行　其一

七绝往往就是小型的歌行，七绝组诗与歌行没有绝对的界限。短短四句，写出了少年游侠的意气。

新丰美酒斗十千，咸阳游侠多少年。

相逢意气为君饮，系马高楼垂柳边。

少年行　其二

唐代的所谓游侠少年，其实往往出身于军人世家。

出身仕汉羽林郎[1]，初随骠骑[2]战渔阳[3]。
孰知不向边庭苦，纵死犹闻侠骨香。

1. 羽林郎：皇帝的侍卫军，常以战死者的子弟充任。
2. 骠骑：将军官职名。
3. 渔阳：在今北京密云，汉唐时为边境。

少年行　其三

颇有武侠小说般的画面感。

一身能擘(bò)[1]两雕弧[2]，虏骑千重只似无。
偏坐金鞍调白羽，纷纷射杀五单于[3]。

1. 擘：掰开。不借助脚的力量，直接用手拉开弓。
2. 雕弧：装饰精良的弓。
3. 五单于：指敌人的众多首领。

少年行　其四

唐代游侠少年的理想，始终还是为国作战，名垂青史。

汉家君臣欢宴终，高议云台[1]论战功。

天子临轩[2]赐侯印，将军佩出明光宫[3]。

1. 云台：汉明帝曾在洛阳的云台画上东汉二十八位开国功臣的画像。
2. 临轩：天子不居正座而出现在殿前平台。
3. 明光宫：汉代宫殿名。

伊州歌

征夫思妇题材，多见于齐梁宫体诗，也为唐代早期的边塞诗所继承。流行歌曲里唱这样的内容，在当时很有市场。

清风明月苦相思，荡子从戎十载余。

征人去日殷勤嘱，归雁来时数（shuò）[1]附书。

1. 数：频繁。

羽林骑闺人

同样是征夫思妇题材，却不再是宫体形式，而是以五言古体，模拟想象中的汉乐府。这是王维复古的一种尝试。诗的风格不全像汉乐府，也不全像古诗，这是唐人创造的一种新的诗体，一种在近体诗之后的“古体诗”。

秋月临高城，城中管弦思[1]。
离人堂上愁，稚子阶前戏。
出门复映户[2]，望望青丝骑。
行人过欲尽，狂夫[3]终不至。
左右寂无言，相看共垂泪。

---

1. 思：忧伤悲思。
2. 映户：照在窗上，指月光。
3. 狂夫：称自己的丈夫。

夷门歌[1]

此诗不讲对仗，大胆引入散文句法，与齐梁式的歌行很不相同，是唐人创造出的七言古诗。这也是一种复古的尝试。在唐代以前，其实不存在这样一种诗体，这种诗体是唐人融会多种诗体之后的创新。此诗模仿汉乐府的叙事咏史诗，尝试融入史传语言，颇具浪漫精神，应当也是少年王维尝试写古体诗的练笔。

七雄雄雌犹未分，攻城杀将何纷纷。

秦兵益围邯郸急，魏王不救平原君。

公子为嬴[2]停驷马，执辔(pèi)[3]愈恭意愈下。

亥为屠肆鼓刀人，嬴乃夷门抱关者。

非但慷慨献良谋，意气兼将身命酬。

向风刎颈送公子，七十老翁何所求。

---

1. 夷门歌：歌咏战国信陵君窃符救赵的故事。夷门，战国魏都大梁的东门，故事中的重要人物侯嬴，年过七十还在此守门。
2. 嬴：侯嬴。一位有才能而一直未被发现的隐士。
3. 辔：缰绳。

黄雀痴

模拟想象中的汉乐府。

黄雀痴，黄雀痴。

kòu
谓言青鷇[1]是我儿。

一一口衔食，养得成毛衣。

zhōu jiū
到大啁啾[2]解游扬[3]，各自东西南北飞。

jī
薄暮空巢上，羁雌[4]独自归。

凤凰九雏亦如此，慎莫愁思憔悴损容辉。

---

1. 青鷇：黄雀的幼雏。需要亲鸟哺食的幼鸟称为“鷇”。
2. 啁啾：鸟鸣声。
3. 游扬：飞翔。
4. 羁雌：孤单的雌鸟。

被出济州

这是王维被贬到济州途中所作。贬谪摧毁了年轻的王维对朝廷的脆弱信任。在最激烈的情绪下写出的诗，在艺术上未必是最好的，但很能记录王维当时的心情。

微官易得罪，谪去济川阴。
执政方持法，明君无此心。
闾阎[1]河润[2]上，井邑[3]海云深。
纵有归来日，各愁年鬓侵[4]。

1. 闾阎：里巷。
2. 河润：黄河浸润之地。
3. 井邑：市井，城镇。
4. 侵：渐进。

登河北[1]城楼作

贬谪途中所作。此时他已走出了贬谪之初的激烈情绪，只是感到寒心。这倒不失为最好的创作状态。说是“闲”，无非是“寂寥”罢了。

井邑傅岩[2]上，客亭云雾间。
高城眺落日，极浦[3]映苍山。
岸火孤舟宿，渔家夕鸟还。
寂寥天地暮，心与广川[4]闲。

1. 河北：唐代县名，在今山西平陆。诗中“傅岩”“广川”均为河北县风物。
2. 傅岩：传说为商代傅说版筑之处。
3. 极浦：遥远的水滨。
4. 广川：大河，这里指黄河。

鱼山神女祠歌·迎神

王维被贬到济州，鱼山是那里的名胜，也是曹植到过的地方。王维到任后，肯定要去瞻仰一番。此时的鱼山，已经有了一个鱼山神女的故事，还给她建了庙。王维觉得，这个鱼山神女的故事跟巫山神女很像，就用楚辞体拟写了给鱼山神女的颂歌。用语上有模仿《九歌》和《高唐赋》的痕迹。这只是王维的拟古之作，未必是真用于演唱的。模仿楚辞，也是唐人复古的一种方式。实际上，这两首诗也与真正的楚辞有很大区别，也是王维自己的创造。

坎坎[1]击鼓，鱼山之下。

吹洞箫，望极浦。

女巫进，纷屡舞。

陈[2]瑶席[3]，湛[4]清酤(gū)[5]。

风凄凄兮夜雨，不知神之来兮不来，

使我心兮苦复苦。

---

1. 坎坎：击鼓声。
2. 陈：铺展。
3. 瑶席：精美如玉的席子。
4. 湛：澄清。
5. 酤：酒。

鱼山神女祠歌·送神

纷进舞兮堂前，目眷眷兮琼筵。

来不言兮意不传，作暮雨兮愁空山。

悲急管[1]兮思繁弦，神之驾兮俨[2]欲旋[3]。

shū
倏[4]云收兮雨歇，山青青兮水潺湲。

---

1. 急管：急促的管乐。
2. 俨：整齐的样子。
3. 旋：返回。
4. 倏：忽然。

赠祖三咏

祖咏出身于山东士族，是王维的好友。王维和祖咏，今天都被视为“山水田园诗派”，实际上，这是因为他们都学习《文选》体，关于复古的诗歌理念，王维和祖咏也是志同道合的。王维此时谪居济州，十分寂寞。好友来访，给他莫大的精神安慰。此诗四句一韵，学习乐府歌行体。平仄相间，情绪起伏，看似不讲格律对仗，实则非常讲究。文人间的友谊酬唱，本来不是乐府歌行表现的内容，盛唐人借乐府体来酬唱，也是一种创造。

xiāo shāo
蟏蛸[1]挂虚牖，蟋蟀鸣前除[2]。
岁晏凉风至，君子复何如。
　　qù
高馆阒[3]无人，离居不可道。
闲门寂已闭，落日照秋草。
虽有近音信，千里阻河关。
中复客汝颍[4]，去年归旧山。
结交二十载，不得一日展[5]。
贫病子既深，契阔[6]余不浅。

---

1. 蟏蛸：一种蜘蛛，传说它的出现预示着喜事，所以又叫“喜蛛”。
2. 除：台阶。
3. 阒：寂静。
4. 汝颍：汝水和颍水，在河南。
5. 展：尽情交谈。
6. 契阔：辛勤。

仲秋虽未归，暮秋以为期。

良会讵[1]几日，终日长相思。

1. 讵：岂。

喜祖三至留宿

“行人”二句为名句，十分生动。对故人的不舍，反衬出谪居的孤独。

门前洛阳客[1]，下马拂征衣。
不枉故人驾，平生多掩扉。[2]
行人返深巷，积雪带余晖。
早岁同袍者，高车何处归。

---

1. 洛阳客：祖咏为洛阳人。
2. “不枉”二句：之所以一直没敢邀约您前来，是因为我平生不喜交游，总是闭门谢客。枉驾，称人走访的敬辞。

青年闲居

（二十七至三十四岁）

王维又一次走上了在贬谪中转型为山水诗人的老路

偶然作六首　其一

少年得志的王维，还没到而立之年，人生突然慢下来了。此时，他或许更好地理解了阮籍、陶渊明的感受。华美的少年时代离他而去，他迎来了清雅疏旷的中年。此时，他写下的古体诗，已不仅仅是形式上的探索，更成了他与古之君子精神契合的印证。

楚国有狂夫，[1] 茫然无心想。

散发不冠带，行歌南陌上。

孔丘与之言，仁义莫能奖。[2]

未尝肯问天，何事须击壤[3]。

复笑采薇[4]人，胡为乃长往[5]。

---

1. “楚国”句：指楚狂接舆，是不与统治者合作的典型代表，曾在路上狂歌，对孔子的积极用世提出批评。王维在这首诗里把自己比作楚狂接舆。
2. “仁义”句：此句意为，孔子的仁义也无法勉励他。这是对孔子客气的说法，其实就是孔子也无法说服他。奖，勉励。
3. 击壤：敲打着壤。“壤”是上古的一种木质游戏用具。传说，尧时曾经有老人击壤而歌，说帝王的统治与自己无关。
4. 采薇：伯夷、叔齐在商亡后，不食周粟，在首阳山中采薇充饥，最后饿死。
5. 长往：指死亡。此二句意为，像伯夷叔齐那样较真而饿死，太不值得了。

偶然作六首　其二

这是一首有意学习陶渊明的田园诗。与陶渊明一样，写田园诗的王维，继承了汉魏的风骨。

田舍有老翁，垂白[1]衡门[2]里。
有时农事闲，斗酒呼邻里。
喧聒(guō)[3]茅檐下，或坐或复起。
短褐[4]不为薄，园葵[5]固足美。
动则长子孙，不曾向城市。
五帝与三王，古来称天子。
干戈将揖让，毕竟何者是。[6]
得意苟为乐，野田安足鄙。
且当放怀去，行行没余齿。[7]

---

1. 垂白：垂着白发。
2. 衡门：用横木做的简陋的门。
3. 喧聒：喧哗。这里形容邻里之间饮酒时笑谈玩闹。
4. 短褐：粗布衣服。
5. 园葵：园中种植的葵菜。
6. “干戈”二句：是用战争来争夺皇位，还是通过禅让来传位，究竟哪个更对呢？
7. “行行”句：不久就能过完余下的日子了。

偶然作六首　其三

出身于文化世族的王维，在诗中努力模仿陶渊明的寒素话语。学陶渊明，仍带出些阮籍的气味。

日夕见太行，沉吟未能去。[1]
问君何以然，世网婴[2]我故。
小妹日成长，兄弟未有娶。
家贫禄既薄，储蓄非有素。
几回欲奋飞，踟蹰复相顾。
孙登[3]长啸台，松竹有遗处。
相去讵几许，故人在中路。
爱染[4]日已薄，禅寂[5]日已固。
忽乎吾将行，宁俟[6]岁云暮[7]。

---

1. “日夕”二句：天天看着太行山，却一直没能下决心入山归隐。
2. 婴：缠绕。
3. 孙登：魏晋隐士。阮籍去拜访他，他不肯见面，只是在远处长啸。
4. 爱染：佛教概念。“爱”即在人世间贪恋的东西，“染”即在尘世间沾染的习气。
5. 禅寂：佛教概念。指能宁静思考、排除杂念的境界。
6. 宁俟：哪里要等到。
7. 岁云暮：晚年的时候。“云”为助词，无实义。

偶然作六首　其四

疏朗的语调，脱离了阮籍式的深沉，显得更现实。上承陶渊明，下启苏轼。王维的近体诗更受后人重视，事实上，他对古体诗的发展也做出了很大贡献。

陶潜[1]任天真，其性颇耽酒。

自从弃官来，家贫不能有。

九月九日时，菊花空满手。

中心[2]窃自思，傥有人送否。

白衣携壶觞，果来遗（wèi）[3]老叟。

且喜得斟酌[4]，安问升与斗。

奋衣[5]野田中，今日嗟无负。

兀傲[6]迷东西，蓑笠不能守。

倾倒强行行，酣歌归五柳[7]。

---

1. 陶潜：即陶渊明。他隐居后，有一年九月九日，他旧时的好友王弘不顾高官身份，穿着平民的白衣来给他送酒。诗的前六韵用这个故事。
2. 中心：心中。
3. 遗：赠送。
4. 斟酌：倒酒，指喝酒。
5. 奋衣：挥动衣袖。
6. 兀傲：不拘礼节的样子。
7. 五柳：陶潜的住宅。

生事[1]不曾问，肯愧家中妇。

1. 生事：谋生之事。

偶然作六首　其五

学习《古诗十九首》和左思咏史诗，批判都市的浮华，而其站在儒家、士族一边的立场更为明显。

赵女弹箜篌，复能邯郸舞。

夫婿轻薄儿，斗鸡事齐主。

黄金买歌笑，用钱不复数。

许史[1]相经过，高门盈四牡[2]。

客舍有儒生，昂藏[3]出邹鲁[4]。

读书三十年，腰间无尺组[5]。

被服[6]圣人教，一生自穷苦。

---

1. 许史：汉宣帝时外戚有许氏、史氏。
2. 四牡：四匹公马拉的马车。
3. 昂藏：器宇轩昂。
4. 邹鲁：孟子和孔子的故乡。
5. 尺组：一尺长的绶带，用来系官印。
6. 被服：接受。

淇上即事田园

隐居淇上期间写的田园五律，颔联为警句，颈联仍有模仿王绩的痕迹。有意无意间，王维让北方的风景进入了奠基于南方的山水田园诗。

屏居[1]淇水上，东野旷无山。
日隐桑柘外，河明闾井[2]间。
牧童望村去，猎犬随人还。
静者亦何事，荆扉乘昼关。

1. 屏居：隐居。
2. 闾井：里巷和市井。

淇上别赵仙舟

仄韵五律，送别诗。颈联的景语为警句。

相逢方一笑，相送还成泣。
祖帐[1]已伤离，荒城复愁入。
天寒远山净，日暮长河急。
解缆君已遥，望君犹伫立。

1. 祖帐：为饯别搭建的帐篷。

送权二

言志与山水，是盛唐古体诗的主要内容，其载体则往往是送别诗和酬赠诗。

高人不可有，清论复何深。
一见如旧识，一言知道心。
明时当薄宦，解薜去中林。[1]
芳草空隐处，白云余故岑。
韩侯[2]久携手，河岳共幽寻。
怅别千余里，临堂鸣素琴。

1. “解薜”句：权二脱去隐士的衣服，离开隐居的地方。
2. 韩侯：对被送别者的美称。

华岳[1]

造语奇肆，刻画山水，很像中唐后期韩愈等人的风格。实际上，盛唐已经有这样的风格了。

王维并非像我们今天的想象中那么静穆，韩愈的奇肆也是受到他的启发。

西岳出浮云，积雪在太清[2]。
连天凝黛色，百里遥青冥。
白日为之寒，森沉[3]华阴城。
昔闻乾坤闭，造化生巨灵。
右足踏方止，左手推削成。
天地忽开拆，大河注东溟。[4]
遂为西峙岳，雄雄镇秦京。
大君包覆载，至德被群生。[5]
上帝伫昭告，[6]金天[7]思奉迎。

---

1. 华岳：华山。
2. 太清：天空。
3. 森沉：（使）阴沉幽暗。
4. “昔闻”六句：华山分为太华、少华。传说，二山本为一山，是被巨灵神脚踩手推一分为二，让黄河从中流过。
5. “大君”二句：天子的德行可以包容天地，泽被众生。
6. “上帝”句：天地期待着人间的天子前来封禅。
7. 金天：西方的天。这里指西岳华山上方的神灵。

qí

人祇[1]望幸久，何独禅云亭[2]。

1. 人祇：人和神。
2. 禅云亭：在云云山和亭亭山封禅。

燕子龛[1] 禅师咏

以下数首都是王维丧妻后游蜀所作。

山中燕子龛，路剧羊肠恶。[2]
裂地竞盘屈，[3] 插天多峭崿[4]。
瀑泉吼而喷，怪石看欲落。
伯禹[5] 访未知，五丁[6] 愁不凿。
上人无生[7] 缘，生长居紫阁[8]。
六时[9] 自捶磬，一饮[10] 常带索[11]。
种田烧白云，[12]斫漆[13]响丹壑。

---

1. 燕子龛：当是山中地名，禅师于此建寺。
2. “路剧”句：道路比羊肠小道还要险恶。剧，甚于。
3. “裂地”句：谓大地裂开成峡谷，小路盘曲其中。
4. 峭崿：陡峭的山崖。
5. 伯禹：夏禹。
6. 五丁：传说中古蜀国的五位疏通蜀道的壮士。
7. 无生：佛教的追求。无生缘即与佛教的缘分。
8. 紫阁：山峰的高处。
9. 六时：佛教将一昼夜分为六个时段。
10. 一饮：佛教修行方法，一天只饮食一次。
11. 带索：用绳子做带子。
12. “种田”句：种田之前要先烧去杂草。在高处耕作，就像在白云上耕作一样。
13. 斫漆：砍伐漆树取漆。

行随拾栗猿，归对巢松鹤。
时许山神请，偶逢洞仙博。[1]
救世多慈悲，即心[2]无行作[3]。
周商倦积阻，蜀物多淹泊。[4]
岩腹乍旁穿，涧唇时外拓。[5]
桥因倒树架，栅值垂藤缚。
鸟道悉已平，龙宫为之涸。
跳波谁揭厉，绝壁免扪摸。[6]
山木日阴阴，结跏（jiā）[7]归旧林。
一向石门里，任君春草深。

---

1. “时许”二句：有时答应山神的请求，有时与洞中的仙人博戏。
2. 即心：随心。
3. 无行作：达到了佛教“无行”的境界。
4. “周商”二句：周地来的商人因道路险阻而疲倦，蜀地的货物运不出来。这两句是互文，写蜀道艰难，限制了两地之间的商旅往来。
5. “岩腹”二句：从山岩的内部穿过来，在山涧的边上开拓道路。写禅师开辟道路的艰难。
6. “跳波”二句：人们再也不用在湍急的水流中蹚水，手扶着绝壁前行了。揭厉，撩起衣服蹚水称为“揭”，不撩衣服蹚水称为“厉”。
7. 结跏：坐禅。

自大散[1]以往深林密竹磴道盘曲四五十里至黄牛岭见黄花川[2]

山水五古，继承自六朝山水诗的清新审美。

危径几万转，数里将三休。
回环见徒侣，隐映隔林丘。
飒飒松上雨，潺潺石中流。
静言深溪里，长啸高山头。
望见南山阳，白露霭悠悠。
青皋丽已净，绿树郁如浮。
曾是厌蒙密[3]，旷然销人忧。

---

1. 大散：即大散关，自秦入蜀的通道。
2. 黄牛岭、黄花川：均为一路上的地名。
3. 蒙密：植物茂盛的样子。

晓行巴峡

写异乡的新鲜风物。“晴江”二句为警句。

际晓[1]投[2]巴峡，余春[3]忆帝京。
晴江一女浣，朝日众鸡鸣。
水国舟中市，山桥[4]树杪行。
登高万井出，眺迥二流[5]明。
人作殊方[6]语，莺为故国声。
赖多山水趣，稍解别离情。

---

1. 际晓：刚破晓的时候。
2. 投：去往。
3. 余春：暮春。
4. 山桥：山间架设的栈道。
5. 二流：长江的主流和支流。
6. 殊方：异乡。

归嵩山作

游历归来，王维曾在嵩山短暂闲居。对句均为佳句，章法安排也很熟练，山水田园诗的格调出来了。

清川带长薄[1]，车马去闲闲[2]。
流水如有意，暮禽相与还。
荒城临古渡，落日满秋山。
迢递[3]嵩高[4]下，归来且闭关[5]。

1. 薄：草木丛生之地。
2. 闲闲：从容自得的样子。
3. 迢递：山高的样子。
4. 嵩高：嵩山。
5. 闭关：闭门。

东溪玩月

一作王昌龄诗。
王维的山水五古，经常跟王昌龄混在一起，说明二人的这部分作品风格很相近。清幽的境界，亦真亦幻，令人神往。

月从断山口，遥吐柴门端。
万木分空[1]霁，流阴中夜攒[2]。
光连虚象白，气与风露寒。
谷静秋泉响，岩深青霭残。
澄清入幽梦，破影抱空峦。
恍惚琴窗里，松溪晓思难。

---

1. 分空：半空。
2. 攒：聚集。

中年仕宦

（三十五至四十一岁）

王维寄情山水四处游历，其实也是对唐王朝失望

西施咏

写作时间不详。
诗不转韵，属古体诗，当是模拟汉乐府之作，有所兴寄。
察其诗意，嘲讽世态炎凉之余，显示出盛世特有的信心，或与其在张九龄的帮助下重新起复，做上令人羡慕的拾遗有关。

艳色天下重，西施宁久微[1]。
朝仍越溪女，暮作吴宫妃。
贱日岂殊众，贵来方悟稀。
邀人傅香粉，不自著罗衣。
君宠益娇态，君怜无是非。
当时浣纱伴，莫得同车归。
持谢邻家子，效颦安可希。[2]

---

1. 宁久微：怎么会一直卑微呢。
2. “持谢”二句：西施得到这样的荣华富贵，怪不得丑女要那么模仿她。《庄子》里说，西施东邻的丑女看见西施皱眉捧心的样子很美，就向她学，结果更丑了。希，觉得奇怪。

寄荆州张丞相

张丞相即张九龄，他提携了一批像王维这样的文章之士。此时，张九龄被贬谪了。王维难舍旧情，写了这首诗送给他。

所思竟何在，怅望深荆门。
举世无相识，终身思旧恩。
方将与农圃，艺植[1]老丘园。
目尽南飞雁，何由寄一言。

1. 艺植：种植粮食蔬菜。

使至塞上

奉命到边塞出差，亲眼见到了几百年来诗人们幻想和歌唱的大漠。"大漠"一联为名句，王维笔下的意境是圆融唯美的，而他的用字实际上很新鲜，"直""圆"二字看似平常，实际是深思熟虑的结果，很见诗人功力。

单车[1]欲问边[2]，属国[3]过居延[4]。
征蓬出汉塞，归雁入胡天。
大漠孤烟直，长河落日圆。
萧关[5]逢候吏，都护在燕然[6]。

---

1. 单车：独自一人，不带随从。
2. 问边：慰问边疆。
3. 属国：归附华夏的周边民族政权。
4. 居延：西域地名。
5. 萧关：汉代关名，在今宁夏固原。
6. 燕然：此处泛指远方少数民族地区。

出塞作

大概与前首作于同一时间，七律体。
仍然在向齐梁歌行借资源。颔联很有画面感，颈联相对平庸，只是泛泛的铺陈。此时的诗人们还没有彻底掌握七律的章法。

居延城外猎天骄，白草连山野火烧。
暮云空碛（qì）[1]时驱马，秋日平原好射雕。
护羌校尉朝乘障，破虏将军夜渡辽。[2]
玉靶（bà）角弓珠勒[3]马，汉家将赐霍嫖姚[4]。

1. 碛：沙漠。
2. “护羌”二句：“护羌校尉”“破虏将军”都是泛指西域的武官。乘障，登上障碍物。在沙漠上防守，需要人为设置障碍物，阻挡敌军的侵入。辽，辽水。这里借指边远地区的大河。
3. 靶、勒：均为马具。
4. 霍嫖姚：西汉名将霍去病。

凉州郊外游望

凉州城的新鲜风俗，随手记录。
一本正经地写成五律，有调侃之意。

野老才三户，边村少四邻。
婆娑依里社，[1] 箫鼓赛[2] 田神。
洒酒浇刍狗，焚香拜木人。[3]
女巫纷屡舞，罗袜自生尘。[4]

---

1. “婆娑”句：巫师在土地庙前起舞。
2. 赛：祭祀。
3. “洒酒”二句：写祭祀的仪式。刍狗，用草扎成的狗，用于祭祀。
4. “罗袜”句：曹植《洛神赋》中写洛神行走在水面上，袜边掀起的微波就像是尘土。这里写女巫在尘土中跳舞，就像仙女在水面上行走一样。

从军行

《从军行》是乐府古题，南朝以来，诗人们往往凭想象写作。这次，王维是见到真的军旅景象了。

这是一首仄韵五律，讲究格律，但只有颈联对仗，王维有意在齐梁格式中倾向于古体，以表现边塞现实生活的力量感。前四句写现实景象，十分生动，确实值得为此放弃对仗。

后四句还有宫体套话的痕迹。

吹角[1]动行人，喧喧行人起。
笳悲马嘶乱，争渡金河[2]水。
日暮沙漠陲，战声烟尘里。
尽系名王颈，归来献天子。[3]

1. 角：军号。
2. 金河：在今甘肃酒泉附近。
3. “尽系”二句：用西汉贾谊的典故。贾谊曾说要用绳索系着匈奴王的脖颈，把他献给天子。

晦日游大理韦卿城南别业·平声

别业诗在盛唐十分时髦，描写贵族高官的大型庄园，介乎山水诗与田园诗之间。王维自己也有著名的“辋川别业”。这四首古体诗玩了一个文字游戏，分别押平、上、去、入四声韵。

与世澹无事，自然江海人。
侧闻尘外游，解骖(cān)桅(nǐ)朱轮。[1]
平野照暄景，上天垂春云。
张组竟北阜，[2] 泛舟过东邻。
故乡信[3]高会[4]，牢醴(lǐ)[5]及佳辰。
幸同击壤乐，心荷(hè)[6]尧为君。

---

1. “解骖”句：卸下马车上的马，用工具锁住车轮，不再外出。骖，拉车的马。柅，让车轮不能前行的工具。
2. “张组”句：北皋上到处张设帷幕，供宾客宴饮。组，帷幕。竟，穷尽。
3. 信：确实是。
4. 高会：盛会。
5. 牢醴：美酒佳肴。
6. 荷：装着，盛着。

晦日游大理韦卿城南别业·上声

郊居杜陵下，永日同携手。

仁里霭川阳，平原见峰首。

园庐鸣春鸠，林薄媚新柳。

上卿始登席，故老前为寿。

临当游南陂(bēi)，约略执杯酒。

归欤绌(chù)[1]微官，惆怅心自咎。

1. 绌：罢免，放弃。

晦日游大理韦卿城南别业·去声

冬中余雪在，墟上春流驶。

风日畅怀抱，山川多秀气。

雕胡[1]先晨炊，炰(páo)脍[2]亦云[3]至。

高情浪海岳，浮生寄天地。

君子外簪缨，埃尘良不啻。[4]

所乐衡门中，陶然忘其贵。

1. 雕胡：菰米，唐代的高级主食。
2. 炰脍：高级肉类。
3. 云：马上。
4. “君子”二句：君子觉得官爵无关紧要，跟尘埃是一样的。不啻，不外乎。

晦日游大理韦卿城南别业·入声

高馆临澄陂[1]，旷然荡心目。

淡荡动云天，玲珑映墟曲。

鹊巢结空林，雉雊(gòu)[2]响幽谷。

应接无闲暇，徘徊以踯躅。

纡组[3]上春堤，侧弁(biàn)[4]倚乔木。

弦望忽已晦，后期[5]洲应绿。

1. 陂：池塘。
2. 雊：雉的鸣声。
3. 纡组：垂着绶带。
4. 弁：帽子。
5. 期：约会。

资圣寺送甘二

仄韵五律，接续汉魏六朝的送别诗传统。

浮生信如寄，薄宦夫何有。
来往本无归，别离方此受。
柳色蔼春余，槐阴清夏首。
不觉御沟[1]上，衔悲[2]执杯酒。

1. 御沟：长安城内的龙首渠。
2. 衔悲：含悲。

哭孟浩然

来到孟浩然的故乡，想起已经去世的孟浩然。

故人不可见，汉水日东流。
借问襄阳老，江山空[1]蔡洲[2]。

1. 空：只有。
2. 蔡洲：襄阳地名，因蔡瑁故居而得名。

汉江临泛

大约与前首作于同时。颔联为警句。此时王维已经摆脱了对物象细节的执念，写出了最“王维”的句子。

楚塞[1]三湘接，荆门九派[2]通。

江流天地外，山色有无中。

郡邑浮前浦，[3]波澜动远空。

襄阳好风日，留醉与山翁。

---

1. 楚塞：楚国边境。
2. 九派：湖北、江西一带的长江，支系众多，称“九派”，又称“九江”，“九”非确数。
3. “郡邑”句：州城好像浮在水面上。

送康太守

不同于一般《文选》体系送别诗的写法，有意模拟汉乐府，显得更有古意。对杜甫模拟汉乐府的作品不无启发。

城下沧江水，江边黄鹤楼。
朱阑将[1]粉堞(dié)[2]，江水映悠悠。
铙吹[3]发夏口，使君居上头。
郭门隐枫岸，侯吏趋芦洲。
何异临川郡，还劳康乐侯。[4]

1. 将：与，同。
2. 粉堞：城上的白色女墙。
3. 铙吹：太守出行时的音乐。
4. “何异”二句：谢灵运曾封康乐侯，任临川内史（相当于太守）。这里是将康太守比作谢灵运。

送宇文太守赴宣城

此诗是典型的《文选》体，把士族的疏旷气质和清新审美发挥到了极致。“地迥”二句为写景佳句。“时赛”二句略见唐人风俗诗的时尚。

寥落云外山，迢递舟中赏。

铙吹发西江，秋空多清响。

地迥古城芜，月明寒潮广。

时赛敬亭神，复解罟（gǔ）[1]师网。

何处寄相思，南风吹五两[2]。

1. 罟：细网。此句意为放生做善事。
2. 五两：古代测风仪器。

送邢桂州

五律，对仗句颇见创新。颔联为当句对，句内的对仗关系比句间更工整。颈联为名句，写景生新，强调诗人的主观感觉，而非描摹现实。写出如此生新之作，也是因为友人贬谪的目的地是当时视为蛮荒的岭南地区，诗人注意到了形式与内容的相得益彰。颈联的名句写的不是壮阔，而是寂寥。盛唐诗给人壮阔的感觉，不是因为诗人总是在唱高调，而是因为他们的心境真的有这么开阔。

铙吹喧京口，风波下洞庭。

赭圻将赤岸[1]，击汰复扬舲[2]。

日落江湖白，潮来天地青。

明珠归合浦，[3] 应逐使臣星[4]。

---

1. 赭圻、赤岸：均为邢桂州此行经过之地。借地名中的颜色词作对仗。
2. 击汰、扬舲：均为《楚辞》中写划船的用词。
3. “明珠”句：合浦为明珠产地，亦为桂州下辖之地。
4. 使臣星：传说中能指示使臣行迹的星星。此二句意为，随着邢氏来到桂州，明珠一定也会前来合浦归附，桂州一定会有好的事情发生。

苦热

凉爽适合入诗，炎热不好入诗，诗人写热，往往是为了显示写作技巧，颠覆传统审美。

这样的诗，与王维平时的风格有很大差异，对后来的杜甫、韩愈不无启发。

此诗是写作古体的尝试，反映了抑塞不平的心境，当是中年仕宦之作。

赤日满天地，火云成山岳。

草木尽焦卷，川泽皆竭涸。

轻纨觉衣重，密树苦阴薄。

莞(guān)簟[1]不可近，绨绤(chī xì)[2]再三濯。

思出宇宙外，旷然在寥廓。

长风万里来，江海荡烦浊。

却顾身为患[3]，始知心未觉[4]。

忽入甘露门，宛然清凉乐。[5]

---

1. 莞簟：凉席。
2. 绨绤：夏天穿的薄衣服。
3. 身为患：《道德经》中说“吾所以有大患者，为吾有身”。
4. 心未觉：佛教认为，人需要内心觉悟。
5. “忽入”二句：甘露门，滴落甘露的门。清凉乐，清凉的快乐。佛家用这两个词来比喻觉悟。这里是借其字面，写静心研读佛法，令人解脱于酷暑。

丁禹田家有赠

表达了对田园生活的羡慕。“阴昼”二句有画意。

君心尚栖隐，久欲傍归路。
在朝每为言，解印果成趣。
晨鸡鸣邻里，群动从所务[1]。
农夫行饷田，闺妾起缝素。
开轩御衣服，散帙（zhì）[2]理章句。
时吟招隐诗，或制闲居赋。
新晴望郊郭，日映桑榆暮。
阴昼小苑城，微明渭川树。
揆（kuí）予宅闾井，[3]幽赏何由屡。
道存终不忘，迹异难相遇。
此时惜离别，再来芳菲度。

---

1. 从所务：从事他们要做的事。
2. 散帙：打开书衣。
3. “揆予”句：想我住在城市中。揆，考虑。

渭川田家

王维眼中的田园生活。

斜光照墟落，穷巷牛羊归。
野老念牧童，倚杖候荆扉。
雉雊麦苗秀，蚕眠桑叶稀。
田夫荷锄至，相见语依依。
即此羡闲逸，怅然吟式微[1]。

1. 式微：天近黄昏。《诗经》中有“式微，式微，胡不归”之句，王维以此暗暗表达对归隐生活的羡慕。

半隐终南

（四十二至五十六岁）

此时的王维，无心仕进，一心经营辋川别业

终南别业

从南方回来，王维买下了宋之问的旧别业，拥有了自己的田园。此时，他已看淡仕进，过上了半官半隐的生活，将主要精力放在经营田园和作诗上。此时，他的诗艺也已成熟，能够自由地驾驭各种文体。此诗在五律中引入古体句法，精致而不失古雅。

中岁[1]颇好道，晚家南山陲。
兴来每独往，胜事空自知。
行到水穷处，坐看云起时。
偶然值[2]林叟，谈笑无还期。

---

1. 中岁：中年。
2. 值：遇到。

终南山

终南山离长安不远，与长安官场尚有联系的贵族隐士，往往选择在此隐居。王维的别业也在终南山下，这与他半官半隐的身份是相称的。

终南山连不到海，说终南山能连到海，只是当时人的想象。

终南山很大，划分了不同的文化区域，在一山之中，就有阴有晴。

王维写山水，总忘不了加上人物点染，这一点也长久地影响了中国的文人山水画。

太乙[1]近天都[2]，连山到海隅[3]。

白云回望合，青霭入看无。

分野[4]中峰变，阴晴众壑殊[5]。

欲投人处宿，隔水问樵夫。

1. 太乙：终南山的别称。
2. 天都：首都。
3. 海隅：海边。
4. 分野：古人将不同的星宿与不同的地区对应起来，称为“分野”。终南山是秦地与蜀地、北方与南方的分界线。
5. 殊：不同。

白鼋涡[1]

yuán wō

用骚体写终南山中的景致。

骚体也是唐人复古的一种形式。唐人的骚体，少了屈宋的浪漫色彩，以学汉代的骚体招隐诗。

末句以白鼋自喻。

南山之瀑水兮，激石漰瀑[2]似雷惊，
人相对兮不闻语声。
翻涡跳沫兮苍苔湿，藓老且厚，春草为之不生。
兽不敢惊动，鸟不敢飞鸣。
白鼋涡涛戏濑[3]兮，委身以纵横。
王人之仁兮，不网不钓，得遂性以生成。

(xuè: 漰; lài: 濑)

1. 白鼋涡：终南山中的地名。鼋，大鳖。涡，旋涡。
2. 漰瀑：水势沸涌的样子。
3. 戏濑：在湍急的水中游戏。

戏赠张五弟諲[1] 三首　其一

（諲：yīn）

写友人隐居时的疏懒，何尝不是夫子自道。“懒”是隐士必备的优良品质。
将隐士的居住环境写得十分美好。

吾弟东山时，心尚一何远。
日高犹自卧，钟动始能饭。
领上发未梳，床头书不卷。
清川兴悠悠，空林对偃蹇[2]。
青苔石上净，细草松下软。
窗外鸟声闲，阶前虎心善。
徒然万象多，澹尔太虚[3]缅[4]。
一知与物平，自顾为人浅。
对君忽自得，浮念不烦遣。

（偃蹇：yǎnjiǎn）

1. 张諲：永嘉人，官至刑部员外郎，有名士之风，与王维兄弟相称。在家排行第五，故称“张五”。
2. 偃蹇：闲卧不做事。
3. 太虚：天空。
4. 缅：远。

戏赠张五弟諲三首　其三

这是“戏赠”，有委婉的批评，但不激烈。

jū　chán

设罝[1]守毚兔[2]，垂钓伺游鳞。
此是安口腹，非关慕隐沦[3]。
吾生好清净，蔬食去情尘。
今子方豪荡，思为鼎食[4]人。
我家南山下，动息自遗身。
入鸟不相乱，见兽皆相亲。
云霞成伴侣，虚白侍衣巾。
何事须夫子，邀予谷口真[5]。

---

1. 罝：捕兔的网。
2. 毚兔：狡猾的兔子。
3. 隐沦：隐逸。
4. 鼎食：用鼎吃饭，指富贵。
5. 谷口真：谷口郑子真，古代隐士。比喻自己。

送陆员外

有学建安之处。
在表达上已把自己的人生追求与建功立业区别开来。

郎署[1]有伊人，居然[2]古人风。
天子顾河北，诏书除征东。[3]
拜手[4]辞上官，缓步出南宫[5]。
九河平原外，七国蓟门中。[6]
阴风悲枯桑，古塞多飞蓬。
万里不见虏，萧条胡地空。
无为费中国，更欲邀奇功。
迟迟前相送，握手嗟异同[7]。
行当封侯归，肯访商山翁[8]。

---

1. 郎署：指六部的机构。陆员外应该是某一部的员外郎。
2. 居然：俨然。
3. “天子”二句：天子派陆员外出征，扫除河北的祸患。
4. 拜手：古代行礼的方式，非常郑重。
5. 南宫：尚书省。
6. “九河”二句：铺叙河北的地理环境。
7. 异同：指自己与陆员外的志向不同。陆员外希望建功立业，自己只想归隐。
8. 商山翁：隐居者，指作者自己。

同崔傅答贤弟[1]

此诗的寄赠对象不详。因诗中有“周郎陆弟”之语，很容易引人联想，“崔傅”和“贤弟”是一对兄弟。然细玩诗意，“崔傅”并不在江东，因而“周郎陆弟”只是泛言，并非指“崔傅”和“贤弟”，二人未必是兄弟关系。“贤弟”只是王维的“贤弟”。“贤弟”如姓崔，则不排除是王维的表弟。“崔傅”则可能是他们的长辈。此诗的写作时间不详。因诗中多言兵事，而盛唐江南无兵事，故有人认为这是安史之乱后的作品。然诗中所言江南兵事，多是南方抵抗北方获得胜利，恐非李璘作乱前后之所宜言。且诗中一味强调统兵者之风雅，当非战时所作，而是和平时期对掌兵者的勉励。盛唐时江南掌兵者几乎无事可做，故需要结合历史典故对其加以抚慰，并强调掌兵仍不失士族风雅。此诗为齐梁格式，结构精美严谨，与王维少年时的风格十分相近。王维在安史之乱后已几乎不再创作这样的作品。同时，此诗的语气又似有一定身份，也非少作。故姑且系于《送陆员外》之后。

洛阳才子姑苏客，桂苑殊非故乡陌。[2]

九江枫树几回青，一片扬州五湖白。

扬州时有下江兵[3]，兰陵镇[4]前吹笛声。

---

1. 崔傅、贤弟：不详。从诗中信息来看，“贤弟”当是洛阳人，在江南任职，作诗投赠“崔傅”，“崔傅”应答，王维与“崔傅”有交往，故同作一首。
2. “洛阳”二句：“贤弟”离开了北方的故乡，来到南方。
3. 下江兵：东晋时荆州的武装。此处泛指六朝时南方的军事。
4. 兰陵镇：南兰陵县，在今江苏常州，为安置南渡侨民之地。

夜火人归富春[1]郭，秋风鹤唳[2]石头城[3]。
周郎陆弟[4]为俦侣，对舞《前溪》歌《白纻》。[5]
曲几书留小史家，[6]草堂棋赌山阴墅。[7]
衣冠若话外台臣[8]，先数夫君席上珍[9]。
更闻台阁求三语，[10]遥想风流第一人。[11]

---

1. 富春：在今浙江富阳。
2. 鹤唳：淝水之战时，前秦军队大败而归，把风声听成鹤唳，把草木看成军队。
3. 石头城：建康城，即今南京。“风声鹤唳”不发生在“石头城”，此处是概言东晋南朝军事。
4. 周郎陆弟：周瑜和陆逊，在汉末三国时先后统领东吴军队，同时均被视为有士族风度的人。
5. “对舞”句：《前溪》《白纻》都是南朝乐府民歌，周瑜精通音律，陆逊也出身于文化世家，这句是写他们文采风流。
6. “曲几”句：东晋书法家王羲之，到小书吏家做客，在他家的曲几（转弯的茶几）上随手写了一幅书法作品。
7. “草堂”句：淝水之战时，谢安坐镇后方，临危不乱，在山阴（今浙江绍兴）的草堂别墅中与人下棋。这四句是写东吴、东晋统兵者的修养风度，借以赞美“贤弟”。
8. 外台臣：外任官员。
9. 夫君席上珍：“夫君”与“席上珍”为同义复指，即“贤弟”。
10. “更闻”句：台阁，朝中高官。三语，东晋阮修因为说了“将无同”三字，被认为很有士族的见识，得到太尉王夷甫的提拔，因而被称为“三语掾”。求三语，寻求阮修这样的“三语掾”，即寻求士大夫中的人才。
11. “遥想”句：你是最具士族风度的人，要寻找“三语掾”，当然非你莫属了，你一定很快会获得提拔的。

三月三日曲江侍宴应制

“半隐”之余，依然“半官”，仍然写有应制诗。
应制诗中的山水，又是另一种写法。
此时王维已对仕进不太上心了，却偏能把应制诗写得一本正经。

万乘亲斋祭，千官喜豫游[1]。
奉迎从上苑，祓禊(fú xì)[2]向中流[3]。
草树连容卫[4]，山河对冕旒(liú)[5]。
画旗摇浦溆(xù)[6]，春服满汀洲[7]。
仙籞(yù)[8]龙媒[9]下，神皋凤跸(bì)[10]留。
从今亿万岁，天宝纪春秋。[11]

---

1. 豫游：欢乐的游览。
2. 祓禊：三月三日特有的祈福活动。
3. 中流：河水的中央。
4. 容卫：仪仗与卫士。
5. 冕旒：皇帝和贵官的礼帽。
6. 浦溆：水滨。
7. 汀洲：水边平地。
8. 仙籞：天子的苑囿，指曲江。
9. 龙媒：天子乘的马。
10. 凤跸：天子的车驾。
11. “天宝”句：此诗作于天宝元年。

送綦毋秘书[1]弃官还江东

qí wú（綦毋）

表现了对朝廷十分失望，与世浮沉的心情。

明时久不达，弃置与君同。

天命无怨色，人生有素风[2]。

念君拂衣去，四海将安穷。

秋天万里净，日暮澄江空。

清夜何悠悠，扣舷明月中。

和光[3]鱼鸟际，澹尔蒹葭丛。

无庸客昭世，衰鬓日如蓬。

顽疏暗[4]人事，僻陋远天聪[5]。

微物纵可采，其谁为至公。[6]

余亦从此去，归耕为老农。

---

1. 綦毋秘书：綦毋潜，盛唐山水田园诗人之一，时为校书郎。
2. 素风：朴素清高的风度。
3. 和光：道家主张"和光同尘"，融入世俗。此处言綦毋潜融入鱼鸟，更为风雅。
4. 暗：不明白。
5. 天聪：皇帝听到的范围。
6. "微物"二句：谢灵运有"微物豫采甄"之句，意为才能微小的人都得到了提拔。此处反用其意：我们这样才能微小的人，即使有值得提拔的地方，又有谁能做出最公平的裁断呢？

青龙寺昙壁上人兄[1]院集[2]

与僧道的交往，是唐代山水诗的重要内容。此诗记录了文人们拜访昙壁上人的活动，王昌龄、裴迪均有同题之作。

高处敞[3]招提[4]，虚空讵有倪[5]。
坐看南陌骑，下听秦城鸡。
渺渺孤烟起，芊芊[6]远树齐。
青山万井外，落日五陵西。
眼界今无染，心空[7]安可迷。

---

1. 昙壁上人兄：昙壁为这位僧人的法号，上人为当时对僧人的尊称，兄为王维对昙壁上人的亲热称呼。青龙寺是昙壁上人的栖身之所。
2. 院集：在僧院中与文人集会。
3. 敞：宽敞，开朗。
4. 招提：佛寺。
5. 倪：边际。
6. 芊芊：茂盛的样子。
7. 心空：认识到世间的一切虚幻不实。

酬黎居士淅川作

在昙璧上人处与黎居士的酬唱之作，信笔而成，有调笑意味。用语随意活泼，却有无限韵味。

侬家真个去，公定随侬否。
着处[1]是莲花[2]，无心变杨柳。[3]
松龛[4]藏药裹[5]，石唇[6]安茶臼[7]。
气味[8]当共知，那能不携手。

---

1. 着处：所在之处。
2. 莲花：指佛教净土。
3. “无心”句：指对生老病死顺其自然。变杨柳，即《老将行》中所言“垂杨生左肘”。
4. 松龛：松树下的石龛。
5. 药裹：药包。
6. 石唇：石头的边缘。
7. 茶臼：捣茶的器具。
8. 气味：情趣格调。

奉寄韦太守陟

向知己倾诉之作，情感充沛，虽然没有直说自己的心事，但造就了多个写景佳句，代表了盛唐的意象运用特点。

荒城自萧索，万里山河空。
天高秋日迥，嘹唳[1]闻归鸿。
寒塘映衰草，高馆落疏桐。
临此岁方晏，顾景[2]咏《悲翁》。
故人不可见，寂寞平林[3]东。

1. 嘹唳：雁叫声。
2. 顾景：看着日影。
3. 平林：有林木的平地。

酬比部杨员外暮宿琴台朝跻书阁率尔见赠之作

与人同游酬赠之作。游览、酬赠，是典型的士大夫生活方式。颔联很风趣，颈联是王维式的写景。

旧简[1]拂尘看，鸣琴候月弹。
桃源迷汉姓，[2]松树有秦官。[3]
空谷归人少，青山背日寒。
羡君栖隐处，遥望白云端。

1. 旧简：指古籍。王维与杨员外游览之处包括“书阁”，故言。下句言及“鸣琴”，也是因为游览之地包括“琴台”。
2. “桃源”句：陶渊明笔下的桃花源“不知有汉”。这里是形容在书阁阅览古籍，令人暂时忘记了现实。
3. “松树”句：秦始皇曾经把松树封为大夫。这里是写琴台有古老的松树。

送崔九兴宗[1]游蜀

王维的情语。

送君从此去，转觉故人稀。

徒御[2]犹回首，田园方掩扉。

出门当旅食，中路授寒衣。

江汉风流地，游人何岁归。

1. 崔兴宗：王维的表弟。
2. 徒御：牵马的人。

与卢员外象过崔处士兴宗林亭

卢象、崔兴宗都是山东士族，是王维的知心好友。白眼给了世上人，青眼给了他们。

这首绝句恃才放旷，目中无人，可万万不能当流行歌曲传唱。这是王维用七绝写士大夫个人经验的一个明证。

为什么要白眼看世人呢？不是因为自己血统高贵，而是因为对世人失望。这首诗中，有魏晋名士的疏狂。在至交好友面前，王维不用再端谦谦君子的架子了。

绿树重阴盖四邻，青苔日厚自无尘。

科头[1]箕踞[2]长松下，白眼[3]看他世上人。

---

1. 科头：不戴头巾，披散头发。
2. 箕踞：叉开腿坐着。“科头”与“箕踞”在古代都是极其狂放、不顾士人形象的举动。
3. 白眼：阮籍能作“青白眼”，用青眼看自己看重的人，用白眼看自己看不起的人。

青雀歌

与卢象、崔兴宗等人同题唱和之作。
青雀终于有一天发现自己不是神话中的青鸟，不能飞到仙山上去，少年的志向远远不能实现。但是，总比那些为一口吃的争来争去的黄雀强点吧。
语体模仿古代民间歌谣，对后来的七古很有启发。

青雀翅羽短，未能远食玉山[1]禾。

犹胜黄雀争上下，唧唧空仓复若何。

1. 玉山：传说中的仙山。

崔九弟欲往南山马上口号[1]与别

朴素自然，显示出高超的文字水平。

城隅一分手，几日还相见。
山中有桂花，莫待花如霰[2]。

1. 口号：随口创作短诗。
2. 花如霰：形容暮春时节落花纷纷的景象。

秋夜独坐怀内弟[1] 崔兴宗

出言高古。
连续四韵用三平调，不知是否有意为之。

huì gū
夜静群动息，蟪蛄[2]声悠悠。
庭槐北风响，日夕方高秋。
hé
思子整羽翮[3]，及时当云浮。
吾生将白首，岁晏思沧洲[4]。
chóu
高足[5]在旦暮，肯为南亩俦[6]。

1. 内弟：古代对舅舅的儿子的称呼。
2. 蟪蛄：秋蝉。
3. 翮：翅膀。
4. 沧洲：大水边的小陆地，隐居的地方。
5. 高足：获取富贵。
6. 俦：伴侣。

敕赐百官樱桃

王维对做官缺乏兴趣，但还是在机械地按正常路径升官，这时已做到文部（吏部）郎中了，政治地位已经高于一般的太守了，还有亲近皇帝的机会。唐代的皇帝会把禁苑中的樱桃赏赐给大臣，真是经历过盛唐的人很怀念的美好画面。

颔联的解释巧妙风雅。

安史之乱前的典型七律不多，这是有名的一首。可以看出，这时候的七律还与朝堂有着密切的关系。

芙蓉阙下会千官，紫禁朱樱出上兰。

才是寝园春荐[1]后，非关御苑鸟衔残[2]。

归鞍[3]竞带青丝笼，中使[4]频倾赤玉盘。

饱食不须愁内热[5]，大官[6]还有蔗浆[7]寒。

---

1. 寝园春荐：春天在先帝陵园举行的祭祀。按照礼制，祭祀祖先，要用应季的新鲜食品。这句是说，皇帝刚刚用樱桃祭祀过先帝，紧接着就给大臣们送樱桃。
2. 鸟衔残：樱桃又叫“含桃”，据说是因为鸟喜欢含食樱桃。
3. 归鞍：大臣回家的时候骑的马。
4. 中使：宫中派出的使者。
5. 内热：樱桃吃多了容易有内热，即“上火”。
6. 大官：通“太官”，掌管百官膳食的机构。
7. 蔗浆：甘蔗汁。

送魏郡李太守赴任

五言古诗的怅惘声情。

与君伯氏[1]别，又欲与君离。
君行无几日，当复隔山陂。
苍茫秦川尽，日落桃林塞。
独树临关门，黄河向天外。
前经洛阳陌，宛洛故人稀。
故人离别尽，淇上转骖騑。
企予[2]悲送远，惆怅睢阳路。
古木官渡平，秋城邺宫故。[3]
想君行县[4]日，其出从[5]如云。
遥思魏公子[6]，复忆李将军[7]。

1. 伯氏：哥哥。
2. 企予：踮起脚。“予”为助词，无义。
3. “古木”二句：“官渡”“邺宫”均为三国曹魏故地。
4. 行县：巡视所辖之县。
5. 从：随从。
6. 魏公子：曹丕。
7. 李将军：李典。

送秘书晁监[1]还日本国

晁衡是中日交流史上的重要人物，王维和李白都把他留在了自己的诗里。在王维看来，远在海外的日本，还是未知的地方。

积水[2]不可极，安知沧海东。
九州何处远，万里若乘空。
向国惟看日，归帆但信风。
鳌身映天黑，鱼眼射波红。
乡树扶桑外，主人[3]孤岛中。
别离方[4]异域，音信若为[5]通。

---

1. 晁监：晁衡，日本人，日名阿倍仲麻吕。长期在唐生活，融入中土文化，官至秘书监，足见其对中华文化掌握到了极高的程度。很多名士都与其有交游。
2. 积水：海。
3. 主人：指晁衡。
4. 方：将。
5. 若为：怎么。

送贺遂员外外甥

盛唐的山水五律，受古体诗影响，时兴把颔联写成不对仗的，显得比较潇洒。被后世称为“蜂腰格”。

南国有归舟，荆门溯上流。
苍茫葭菼[1]（jiā tǎn）外，云水与昭丘[2]。
樯带城乌去，江连暮雨愁。
猿声不可听，莫待楚山秋。

1. 葭菼：芦苇和荻。
2. 昭丘：楚昭王的墓。

送丘为往唐州

颔联缘情，颈联写景，均为警句。

宛洛[1]有风尘[2]，君行多苦辛。
四愁[3]连汉水，百口[4]寄随人。
槐色阴清昼，杨花惹暮春。
朝端[5]肯[6]相送，天子绣衣臣[7]。

---

1. 宛洛：汉乐府中经常提及的繁华城市，也是自长安去往唐州途中经过的地方。
2. 风尘：古诗常用“风尘”代表繁华城市中的是非。
3. 四愁：张衡有《四愁诗》，写理想不能实现的悲愁。唐州在汉水附近。
4. 百口：全家。
5. 朝端：朝廷中人。
6. 肯：怎肯。
7. 绣衣臣：宠臣。

春日与裴迪过新昌里访吕逸人不遇

颔联将吕逸人比作吕安，自比为王徽之，关合双方姓氏，风趣幽默。颈联为“当句对”，句内的对仗关系比句间更为紧密。这是唐人七律常见的对仗技巧。

桃源一向绝风尘，柳市南头访隐沦。

到门不敢题凡鸟，[1] 看竹何须问主人。[2]

城上青山如屋里，东家流水入西邻。

闭户著书多岁月，种松皆老作龙鳞。

---

1. “到门”句：吕安拜访嵇康不遇，看到嵇康的哥哥嵇喜是个俗人，所以在门上写了个“凤”字，嘲讽嵇康之兄为“凡鸟”，即“凤”字的分写。这里说“不敢题凡鸟”，是说吕逸人家中没有俗人，顺便关合吕逸人的姓氏，有调侃的意味。
2. “看竹”句：王徽之喜欢竹子，曾到别人家看竹子，却不与主人交流。此句意为，虽然没有遇到主人，看看你家的好竹子，也心满意足了。顺便关合自己的姓氏，与出句形成巧妙的对仗。

送友人归山歌二首　其一

楚辞体在盛唐已经成为一种很“高级”的诗体，而且几乎被山水田园诗派的诗人垄断。这些楚辞是继承西汉以来的“招隐”传统的，但与之前写隐士的诗不同，并不只写一般人见不到的风景，而是加入了很多田园的日常。这首诗中就有多处将生活气息浓厚的农耕事项，与清高缥缈的仙人、隐士结合在一起，读来饶有趣味。

山寂寂兮无人，又苍苍兮多木。
群龙兮满朝，君何为兮空谷。
文寡和兮思深，道难知兮行独。
悦石上兮流泉，与松间兮草屋。
入云中兮养鸡[1]，上山头兮抱犊[2]。
神与枣兮如瓜[3]，虎卖杏[4]兮收谷。
愧不才兮妨贤[5]，嫌既老兮贪禄。

---

1. 养鸡：刘向《列仙传》载，一位仙人在深山中养了很多鸡。仙人的形象往往是神化了的隐士形象。
2. 抱犊：传说有的隐士在险峻的高山上隐居，因为耕牛无法上去，所以将牛犊抱上去养大。类似的传说有很多，这样的“遗迹”也有多处。
3. 枣如瓜：传说神仙安期生吃的枣，大得像瓜一样。
4. 虎卖杏：葛洪《神仙传》载，董奉不种田，专门为人看病，又不收病人的钱，只让治愈者种一棵杏树，以卖杏为生，山林中的老虎会来帮他看守杏树。
5. 妨贤：占据高位，妨碍了贤才上进之路。这是对自己身居高位的自谦。

誓解印[1]兮相从，向詹尹兮何卜。[2]

1. 解印：辞官。
2. “向詹”句：“向詹尹”一作“何詹尹”。詹尹，屈原笔下的占卜师，屈原向他问卜，自己在清浊之间该如何选择，詹尹称无法占卜。

送友人归山歌二首　其二

继承楚辞传统，精妙的山水诗。

山中人兮欲归，云冥冥兮雨霏霏。
水惊波兮翠菅(jiān)[1]靡(mǐ)[2]。
白鹭忽兮翻飞，君不可兮褰(qiān)衣[3]。
山万重兮一云，混天地兮不分。
树晻(ǎn)暧(ài)[4]兮氛氲[5]，猿不见兮空闻。
忽山西兮夕阳，见东皋兮远村。
平芜绿兮千里，眇惆怅兮思君。

---

1. 翠菅：青茅。
2. 靡：倒伏。
3. 褰衣：同“褰裳”，为押韵而替换说法。揭起衣服下摆涉水。
4. 晻暧：昏暗。
5. 氛氲：云雾弥漫。

送韦评事[1]

韦评事当是王维看重的一位年轻人。

此时有很多青年官员感到在朝中升迁无望，到西域寻求机会。他们的远行，并不只有豪情万丈，往往带着几分哀愁和无奈。

王维有几首送人去西域的诗，都是在这样的社会背景下创作的。

欲逐将军取右贤[2]，沙场走马向居延。

遥知汉使萧关外，愁见孤城落日边。

1. 评事：基层文官，从八品下。
2. 右贤：右贤王，匈奴的高级贵族。这里指敌人的首领。

送刘司直[1]赴安西

颔联名句。
仔细体会，盛唐边塞诗名作也多是苍凉，并非一味豪壮。

绝域阳关道，胡沙与塞尘。
三春时有雁，万里少行人。
苜蓿随天马，葡萄逐汉臣。[2]
当令外国惧，不敢觅和亲。[3]

---

1. 司直：中层文官，从六品上。
2. “苜蓿”二句：张骞通西域后，苜蓿、大宛马、葡萄都传入了中原。此处是勉励刘司直，要建立张骞那样的功业。
3. “当令”二句：委婉地从反面勉励刘司直，不要造成和亲这样的不良后果。

送平澹然判官[1]

颔联警句。

不识阳关路，新从定远侯[2]。
黄云断春色，画角起边愁。
瀚海经年到，交河[3]出塞流。
须令外国使，知饮月氏头。

1. 判官：中层文官，执掌高官书判之事。
2. 定远侯：班超，前后经营西域三十一年。此处比喻平判官依从的长官。
3. 交河：天山下的一条河流。

送元二使安西

元二生平不详，从姓氏来看，或与鲜卑拓跋氏有关。此时鲜卑贵族已完全汉化，与山东士族无异。

此诗有明确的酬赠对象，在写作时不是流行歌曲，却被乐工采入乐府，广为传唱。说明此诗在作者无意间，反映了一个时代的心声。

唐宋人在敬酒时要唱诗，后来宋词的发达也与此有关。此诗很适合在敬酒时唱，大概也是其被采入乐府的一个原因。

此诗是折腰体，第二句和第三句之间失粘。据说，折腰体第三句的第四字需要与韵脚同韵部，以示有意为之。

渭城朝雨浥（yì）[1]轻尘，客舍青青柳色新。

劝君更尽一杯酒，西出阳关无故人。

---

1. 浥：打湿。

辋川集·孟城坳（ào）[1]

《孟城坳》一诗为《辋川集》之首，写辋川周围的环境，略见怀古之意。

新家孟城口，古木余衰柳。
来者复为谁，空悲昔人有。

1. 孟城坳：辋川别业附近的一处古城墙。

辋川集·文杏[1]馆

写辋川中华美屋宇，略显艳丽。

文杏裁为梁，香茅[2]结为宇[3]。

不知栋里云，去作人间雨。[4]

1. 文杏：银杏。
2. 香茅：祭祀神的香草，这里用作茅草的美称。
3. 宇：屋顶。
4. “不知”二句：写屋宇的深邃，暗示其华美而不俗，如神仙所居。

辋川集 · 鹿柴（zhài）[1]

曲近物情，可以用来举例讲解科学原理，同时不失美感，写出了深林的感觉。

空山不见人，但闻人语响。

返景[2]入深林，复照青苔上。

---

1. 鹿柴：养鹿的栅栏。柴，通“寨”，栅栏。
2. 景：日光。

辋川集·木兰柴

北方的秋山，不止青绿一种色彩。

秋山敛余照，飞鸟逐前侣。
彩翠[1]时分明，夕岚[2]无处所[3]。

---

1. 彩翠：形容秋山的鲜艳色彩。翠，鲜艳。
2. 岚：山中的云气。
3. 无处所：没有固定的地方。

辋川集·欹湖

一片水面，被深受楚辞影响的王维想象成了洞庭湖。

吹箫凌极浦，日暮送夫君。[1]

湖上一回首，青山卷白云。

1. “吹箫”二句：借用屈原《湘夫人》的意境，将欹湖想象成了湘夫人等待夫君的洞庭湖。

辋川集·柳浪

乐府里用“柳”来代表离别，已经有点俗套了。私人别业中的柳，却不再担负送别的伤感使命。
王维说：我这别业中的柳，也比都城繁华之处的柳，要自在些呢。这句话里似乎也有寄托。

分行接绮树[1]，倒影入清漪。
不学御沟上，春风伤别离。

1. 绮树：色彩绚丽的树。柳树与不远处的其他树交相辉映。

辋川集·栾家濑

写湍急的水流，与大多数地方的澹然不同。

飒飒秋雨中，浅浅[1]石溜[2]泻。
跳波自相溅，白鹭惊复下。

（浅浅：jiān）

1. 浅浅：水流湍急的样子。《楚辞·湘君》："石濑兮浅浅。"
2. 石溜：石间流水。

辋川集·竹里馆[1]

竹子是名士的象征。

huáng

独坐幽篁[2]里，弹琴复长啸。

深林人不知，明月来相照。

---

1. 竹里馆：辋川别业的一处房舍，周围多种竹子
2. 幽篁：幽深的竹林。《楚辞·山鬼》："余处幽篁兮终不见天。"

辋川集·辛夷[1]坞[2]

wù（坞）

物象艳丽，而最见禅意。

木末芙蓉花，[3]山中发红萼。

涧户[4]寂无人，纷纷开且落。

---

1. 辛夷：一种艳丽的花，其名目在《楚辞》中也多次出现。
2. 坞：四面高、中间低的谷地。
3. “木末”句：辛夷花有点像莲花，但开在树上。《楚辞·湘君》有“搴芙蓉兮木末”之句，认为莲花不可能开在树上。王维在这里说：我真的见到了开在树上的莲花。
4. 涧户：涧中的居室。

皇甫岳云溪杂题五首·鸟鸣涧

这一组诗是为皇甫岳的别业所作，写作时间不详，其写法、文体与反映出的心境，与《辋川集》相似，故系于此。为朋友的别业写诗，与给自己的别业写诗一样尽心，一样有寄托，放在一起几乎看不出区别，但终归多了几分客气。写友人的别业，更强调仙气，不强调无所事事。这首诗以月光和鸟鸣互相生发，题为“鸟鸣”，却处处扣着月光来写，以月光为鸟鸣的原因，构思巧妙。

人闲桂花落，[1] 夜静春山空。
月出惊山鸟，时鸣春涧中。

1. “人闲”句：传说月亮中有桂花树。这里是形容在鸟鸣涧可以看到很大的月亮，也是恭维别业可与仙界相接，而当人内心宁静，就能察觉到月亮上的桂花落下。此诗写春景，故不是写人间的桂花，也不是写春桂花。

皇甫岳云溪杂题五首 · 莲花坞

替莲花着想，将花瓣想象成莲花的衣裙。
这样的爱惜，也见出是在别人家，不是自己家，仍含有恭维之意。

日日采莲去，洲长多暮归。
弄篙莫溅水，畏湿红莲衣。

皇甫岳云溪杂题五首·萍池

有趣的观察。缓缓合拢的绿萍，垂到水里的柳枝，总是令诗人激动。

春池深且广，会[1]待轻舟回。

靡靡[2]绿萍合，垂杨扫复开。

1. 会：应，当。
2. 靡靡：迟缓的样子。此句谓轻舟过后，绿萍又慢慢地合拢了。

辋川闲居赠裴秀才迪

合陶谢于一体。

寒山转苍翠，秋水日潺湲。[1]

倚杖柴门外，临风听暮蝉。

渡头余落日，墟里上孤烟。[2]

复值接舆[3]醉，狂歌五柳[4]前。

---

1. “寒山”二句：暗用谢灵运《七里濑诗》“石浅水潺湲，日落山照曜”之句。
2. “渡头”二句：暗用陶渊明《归园田居》“暧暧远人村，依依墟里烟”之句。
3. 接舆：楚狂接舆，见前注，此处指裴迪。
4. 五柳：五柳先生，即陶渊明，见前注，此处指自己。

赠裴十迪

学陶。前半有魏晋名士气，后半化用《归去来兮辞》，更有人间烟火气。

风景日夕佳，与君赋新诗。

淡然望远空，如意[1]方支颐[2]。

春风动百草，兰蕙生我篱。

暧暧日暖闺，田家来致词。

欣欣春还皋，澹澹水生陂。

tí
桃李虽未开，荑[3]萼满芳枝。

请君理还策[4]，敢[5]告将农时。

---

1. 如意：搔痒用具，也是闲居名士的标志。
2. 支颐：支着下巴。
3. 荑：草木初生的嫩芽。
4. 策：手杖。
5. 敢：谦辞，冒昧地。

酌酒与裴迪

用新生的七律写酬赠诗。颔联写人情，句法十分纯熟。颈联写景，清新细腻，开大历、晚唐七律写景路数。
此诗先写人情，再写景物点染，以三仄尾与三平调相对，与后世七律的惯例不同，体现出早期七律相对随意的特点。

酌酒与君君自宽，[1] 人情翻覆似波澜。
白首相知犹按剑，[2] 朱门先达笑弹冠。[3]
草色全经细雨湿，花枝欲动春风寒。
世事浮云何足问，不如高卧且加餐。

---

1. "酌酒"句：暗用鲍照《拟行路难》"酌酒以自宽，举杯断绝歌《路难》"之句。
2. "白首"句：按剑，把手按在剑柄上，拔剑的准备动作。此句意为，老朋友也有绝交反目、剑拔弩张的时候，即上文所谓"人情翻覆"。
3. "朱门"句：弹冠，弹去帽子上的灰尘，形容小人得志的情态。"弹冠"在这里是一种动作，"笑"是其状语，"笑弹冠"与"犹按剑"构成对仗。此句意为，那些先发达的，在朱门中过上了好日子的人，笑着弹去了帽子上的灰尘，志得意满。这也是一种"人情翻覆"。

过感化寺昙兴上人山院

诗眼在“谷鸟一声幽”，为山水赋予了灵魂。

暮持筇（qióng）竹[1]杖，相待虎溪[2]头。
催客闻山响[3]，归房逐水流。
野花丛发好，谷鸟一声幽。
夜坐空林寂，松风直似秋。

---

1. 筇竹：一种适合做手杖的竹子。
2. 虎溪：东晋慧远法师在庐山修行，一般不远送客人，很少越过某条溪水，如果遇到特别看重的客人，送过了溪水，则山林中的老虎都会吼叫。
3. 山响：山谷的回声。

临高台[1]送黎拾遗

“飞鸟”和“行人”的对比，含有不尽之意，继承了乐府艺术的精华。

yǎo

相送临高台，川原杳[2]何极。

日暮飞鸟还，行人去不息。

---

1. 临高台：乐府古题。这里是借古题的名目为题，以示风雅，与古乐府没有实质的关系。
2. 杳：远。

积雨辋川庄作

七律中的山水描写，对大历诗风很有启发。
远离尘嚣的静修生火。

积雨空林烟火迟[1]，蒸藜[2]炊黍饷[3]东菑(zī)[4]。
漠漠水田飞白鹭，阴阴夏木啭黄鹂。
山中习静[5]观朝槿(jǐn)[6]，松下清斋[7]折露葵[8]。
野老与人争席[9]罢，海鸥何事更相疑。[10]

---

1. 烟火迟：因雨后草木潮湿，生火缓慢。
2. 藜：一种野菜。
3. 饷：给种田的人送饭。
4. 东菑：东边种田的人。
5. 习静：静修。
6. 朝槿：即木槿，朝开午落，使人联想到人生无常。
7. 清斋：素食。
8. 露葵：带露的葵菜。
9. 争席：《庄子》中说，真正得道的人，不会故意端架子，所以普通人见到他不会有特别的敬畏之心，会跟他争坐席。王维在这里自称“野老”，把自己在朝中不得不参与的争名夺利之事，解释为“争席”，是对朝中政敌的调侃。
10. “海鸥”句：《庄子》中说，得道的人，走入海鸥群中，都不会被猜疑，可以跟海鸥和谐相处。作者在这里说：我都达到被人“争席”的境界了，也算是得道了吧，海鸥不会再猜疑我了吧。

春中田园作

自然的遣词造句，表明了一种心境。

仄韵五律，讲究声律对仗而故作欹侧，介乎古体与律体之间，是一种文体尝试。颈联为当句对，声律上变通了近体诗的规则，仍然是讲究声律的。

屋上春鸠鸣，村边杏花白。
持斧伐远扬[1]，荷锄觇(chān)[2]泉脉。
归燕识故巢，旧人看新历。
临觞(shāng)[3]忽不御[4]，惆怅远行客。

1. 远扬：因长得太长而扬起的枝条。
2. 觇：观察，寻找。
3. 临觞：对着酒杯。
4. 御：拿起酒杯喝酒。

山居即事[1]

在萧瑟苍茫的田园诗中，颈联忽作艳丽之语，给人新鲜的体验。

寂寞掩柴扉，苍茫对落晖。
鹤巢[2]松树遍，人访荜(bì)门[3]稀。
绿竹含新粉，红莲落故衣。
渡头烟火起，处处采菱归。

---

1. 即事：本义为“面对眼前的事物”，后来成为一种创作方法的名称，即“写眼前的事物”。
2. 巢：做巢，动词，与“访”相对。
3. 荜门：用荆条或竹子编成的门。

山居秋暝

首联发现了一种清新之境。颔联写风景的自在状态，不以人的观察为转移，为山水名句。颈联引入人物，表现出王维的特点。浣衣女、采莲女都是齐梁诗歌中常见的人物，这里仍可看出齐梁体的底子。尾联反用典故，巧妙。

空山新雨后，天气晚来秋。
明月松间照，清泉石上流。
竹喧归浣女，莲动下渔舟。
随意春芳歇，王孙自可留。[1]

1. “随意”二句：西汉淮南小山《招隐士》有“王孙游兮不归，春草生兮萋萋”之句。这里反用其意，言无论春芳如何凋谢，山中都可以久留。

过香积寺

写作时间不详，因风格与前数首五律相似，故系于此。到深山中的僧寺去拜访，比写自己的别业，要更凝重着力一些。用“冷”来形容“日色”，是新颖的观察。

不知香积寺，数里入云峰。
古木无人径，深山何处钟。
泉声咽危石，日色冷青松。
薄暮空潭曲[1]，安禅[2]制[3]毒龙[4]。

1. 曲：隐僻之处。
2. 安禅：入禅定。
3. 制：克制，制服。
4. 毒龙：佛教把人内心的妄念比作毒龙。

田园乐七首　其三

比起主流的五七言诗，六言诗的节奏更为从容不迫。
盛唐的诗人尝试着将六言诗律化，用来写山水田园题材。
王维的《田园乐》就是写山水田园的六言组诗。

采菱渡头风急，策杖林西日斜。
杏树坛边渔父，桃花源里人家。

田园乐七首　其四

淳朴的生活，令人向往。

陶渊明的田园诗中，还充满了对现实的关怀。将田园风光与老庄的返璞归真联系起来，其实是从王维开始的。

萋萋春草秋绿，落落长松夏寒。

牛羊自归村巷，童稚不识衣冠。

田园乐七首　其五

王维的“诗中有画”，多是青绿山水。此诗前两句写意般的勾勒，却更有文人气息。

山下孤烟远村，天边独树高原。

一瓢颜回陋巷，[1] 五柳先生对门。

1. “一瓢”句：颜回为孔子最寄予厚望的弟子。他住在陋巷里，过着“一箪食，一瓢饮”的清贫生活，仍然不改其乐。

田园乐七首　其六

疏懒是一种风雅。主人懒，连家童也懒。

桃红复含宿雨，柳绿更带朝烟。
花落家童未扫，莺啼山客犹眠。

泛前陂

士人的清新审美。

秋空自明迥，况复远人间。
畅以沙际鹤，兼之云外山。
澄波澹将夕，清月皓方闲。
此夜任孤棹，夷犹[1]殊未还。

---

1. 夷犹：从容自得。

蓝田山石门精舍

王维的别业诗，大多不再区分山水与田园。这首诗是他出来游览时写的，更接近谢灵运时代的山水诗。

谢灵运的游览诗，一般后半都在说理，不再写景，这部分总是不太吸引人的。王维干脆扬弃了说理部分，在诗的后半继续写景。

落日山水好，漾舟信归风。

探奇不觉远，因以缘[1]源穷。

遥爱云木秀，初疑路不同。

安知清流转，偶与前山通。

舍舟理轻策，果然惬所适。

老僧四五人，逍遥荫松柏。

朝梵[2]林未曙，夜禅[3]山更寂。

道心及牧童，世事问樵客。

暝宿长林下，焚香卧瑶席。

涧芳袭人衣，山月映石壁。

1. 缘：寻找。
2. 朝梵：早起诵经。
3. 夜禅：夜里坐禅。

再寻畏迷误，明发更登历[1]。

dí

笑谢桃源人，花红复来觌[2]。

1. 登历：登临游览。
2. 觌：看。

山中

“空翠”句是很好的通感，山中的浓绿与空气的湿冷结合在一起，绿色仿佛已融在了空气中。

荆溪白石出，天寒红叶稀。

山路元无雨，空翠湿人衣。

阙题二首　其二

五绝也用来写送别诗了，仍以留白见长。
末句以形象言情，给人留下深刻印象。

相看不忍发，惨淡暮潮平。
语罢更携手，月明洲渚生。

山中送别

简单而深情。

山中相送罢，日暮掩柴扉。

春草明年绿，王孙归不归。

赠刘蓝田[1]

王维经营着偌大的辋川别业，不是只有诗情画意，也是要面对交税这样的俗事的。王维的地位远高于刘蓝田，但后者负责他所在地的实务，他也不得不对其客气一点。王维没有在诗中夸耀自己的财富和地位，因为那样是不风雅的，他把自己放在了被管辖的地位上，甚至说自己交过税就衣食匮乏了。这是诗人的说法，并非真的畏于刘蓝田的权势。其实，王维固然要交很多税，但这是因为他的产业大，他并不会真的因为交税陷入贫困。他与农民的处境是完全不同的。

篱间犬迎吠，出屋候荆扉。

岁晏输井税，山村人夜归。[2]

晚田始家食，[3]余布成我衣。[4]

讵肯无公事，烦君问是非。[5]

---

1. 刘蓝田：不详。察其诗意，当是负责地方税务的小官。
2. “岁晏”二句：井税，田税。此二句意为，岁末交税的时候，办事的人深夜才回村，家里的人都在等他。
3. “晚田”句：应季的收获都交了税，只有自留的一点晚熟的田地里的收成，才是自己家人可以吃的。家食，在家里吃饭。
4. “余布”句：只有纳租庸调之后剩下的一点布，才能给自己做衣服。颈联写自己不敢少纳税款，纳税之后只剩下一点衣食，勉强维持日常生活。这是“卖惨”，他纳税剩下的衣食，应该是不少的。
5. “讵肯”二句：我怎么会无视您的公事呢？但还是麻烦您看一眼，我做的有问题吗？

过李楫宅

写作时间不详，与中高级官员酬答之作，最有可能作于王维已获得一定地位、安史之乱尚未发生时，故系于此。
真率淡雅，启发宋人五古。

闲门秋草色，终日无车马。
客来深巷中，犬吠寒林下。
散发时未簪，道书行尚把。[1]
与我同心人，乐道安贫者。
一罢宜城酌[2]，还归洛阳社[3]。

1. “道书”句：走路的时候，手里还拿着道家的书。
2. 宜城酌：宜城出产美酒，这里指美酒。
3. 洛阳社：葛洪《抱朴子》中写到，道士董威辇住在洛阳的白社中。后世遂用“白社”“洛阳社”指退隐者居住的地方。

送梓州[1]李使君

写作时间不详，酬赠之作，姑系于此。
此诗描写蜀中自然人文景观，均为名句。

万壑树参天，千山响杜鹃。
山中一半雨[2]，树杪（miǎo）[3]百重泉[4]。
汉女[5]输[6]橦（tóng）布[7]，巴人[8]讼芋田[9]。
文翁翻教授，不敢倚先贤。[10]

---

1. 梓州：治所在今四川三台。
2. 一半雨：山中阴晴不定，有的地方下雨，有的地方不下。一作“一夜雨”。
3. 树杪：树梢。
4. 百重泉：雨后山中高处形成了瀑布，好像在树梢上一样。
5. 汉女：汉水边的女子，嘉陵江古称西汉水。
6. 输：在唐代的租庸调制度下，向官府缴纳纺织品。
7. 橦布：用橦树的花织成的布。
8. 巴人：住在巴国故地的人民。
9. 讼芋田：为了种芋头的田打官司。
10. “文翁”二句：文翁，汉景帝时蜀郡太守，在蜀推行教化。此二句意谓，蜀地如此与中原文化隔绝，文翁居然在这里推行教化，先贤真是让人学不了啊。王维曾经入蜀游历，此诗写的自然、人文景观，以及尾联所发感慨，都是基于他的真实经历。

酬张少府

写出了寄情山水的真实心境。颈联为警句。

晚年惟好静，万事不关心。

自顾无长策[1]，空知返旧林。

松风吹解带，山月照弹琴。

君问穷通[2]理，渔歌[3]入浦深。

1. 长策：良策。
2. 穷通：受困或通达，即是否能升官。
3. 渔歌：暗用《楚辞》中《渔父》的典故。渔父是引退江湖、远离官场的象征。

题辋川图

对自己人生的调侃。

老来懒赋诗，惟有老相随。
宿世谬词客，前身应画师。[1]
不能舍余习，偶被世人知。[2]
名字本皆是，此心还不知。[3]

---

1. “宿世”二句：“宿世”“前身”均为前世之意。谬词客，枉为诗人。二句互文见义，意为：我枉为诗人，前世并没有这个缘分，我前世应该是个画师，今生却没有当成。
2. “不能”二句：不能舍弃前世的习惯，今生偶然得到大名。这是从另一个角度说颔联的意思。
3. “名字”二句：句意费解，且又用“知”字做韵脚，恐有讹误。

酬诸公见过

王维的母亲去世了，朝中好友来慰问他，他写了此诗表示感谢。

四言诗在唐代已基本是死去的文体了，王维这里是有意拟古。在这样的场合，人们还是会尽量选择高古典雅的文体。

嗟予未丧，哀此孤生。[1]

bǐng
屏居[2]蓝田，薄地躬耕。

zī chéng
岁晏输税，以奉粢盛[3]。

晨往东皋，草露未晞。

暮看烟火，负担来归。

我闻有客，足扫荆扉。

pì guā
箪食伊何，副瓜[4]抓枣[5]。

pó
仰厕[6]群贤，皤[7]然一老。

---

1. “嗟予”二句：王维妻母皆丧，故作此言。
2. 屏居：隐居。
3. 粢盛：盛在器物内供祭祀的谷物。
4. 副瓜：剖开的瓜。
5. 抓枣：打下的枣。
6. 仰厕：高攀而混迹于。
7. 皤：白发。

愧无莞簟，班荆[1]席藁(gǎo)[2]。

泛泛登陂，[3]折彼荷花。

静观素鲔(wěi)[4]，俯映白沙。

山鸟群飞，日隐轻霞。

登车上马，倏忽云散。

雀噪荒村，鸡鸣空馆。

还复幽独，重欷(xī)[5]累叹。

---

1. 班荆：铺设荆条做的席子。
2. 席藁：铺设禾秆编的席子。
3. “泛泛”句：小船在水面上浮动。
4. 鲔：鲟鱼。
5. 重欷：反复抽泣。

山中示弟

自称“老夫”，又还在“山中”，当是母丧后、别辋川前所作。王维的议论之作。

山林吾丧我[1]，冠带尔成人。[2]
莫学嵇康懒[3]，且安原宪贫[4]。
山阴多北户，泉水在东邻。
缘合妄相有，性空无所亲。[5]
安知广成子，不是老夫身。[6]

1. 吾丧我：忘记了自己。这是庄子所说的一种得道的境界。
2. “冠带”句：你已经做了大官。冠带，士大夫的服饰。
3. 嵇康懒：嵇康自称很懒，其实是不屑与统治者合作。
4. 原宪贫：原宪是孔子弟子，即子思，贫穷而不以为耻。
5. “缘合”二句：引用佛教观念，意为，现象都是虚妄的，都是因缘巧合表现出来的，并没有什么本质上的联系。
6. “安知”二句：你怎么知道现在这个我，不是广成子这样的仙人变成的呢？

秋夜独坐

描写母丧后在山中居住，寂寞悲凉的心境。没想到这么快就老了，回首人生，似乎一事无成，离少年的志向太远了。颔联是警句。

独坐悲双鬓，空堂欲二更。
雨中山果落，灯下草虫鸣。
白发终难变，黄金不可成。[1]
欲知除老病，惟有学无生。[2]

1. “白发”二句：传说，修习仙道，可以让白发变黑，可以凭空变出黄金来。王维在这里说，这都是不可能的，老了的人就没法变年轻了，而困难的事不是随便就能做成的。
2. “欲知”二句：要想免去老来的病痛，还是到佛经中寻求解脱吧。无生，佛教描述的境界。

别辋川别业

离开辋川，到长安去料理俗务。
心里一万个不情愿。

依迟动车马，惆怅出松萝。
忍别青山去，其如绿水何。

晚年引退

（五十七至六十一岁）

他的晚年似乎一直在为陷贼“变节”而忏悔

息夫人

楚王灭掉息国之后，霸占了息国的王后为妃，就是息夫人。息夫人只能无奈屈从，但始终不与楚王说话。据说，有一个卖饼人的妻子被亲王霸占为妾，她过着荣华富贵的生活，但提起卖饼的丈夫，还是满眼是泪，王维就是为她写了这首诗。其实，即使没有这样一个人，王维也完全可以根据历史故事，写出这首诗来。在我看来，这种复杂的、不那么纯净的情感，不像一个正受命运娇宠的十几岁少年能体会到的，反而更像王维在安史之乱陷贼时的心情。安史之乱中的王维，就像息夫人一样，出于种种无奈，没能以死“殉节”，但他还是怀着深深的悲痛，思念着原来的君王，是不会替扣押他的贼人做事的。王维在朝，“看花满眼泪”；杜甫在野，“感时花溅泪”。诗人在国难中的情感都是相通的。

莫以今时宠，能忘旧日恩。

看花满眼泪，不共楚王言。

菩提寺禁，裴迪来相看，说逆贼等凝碧池上作音乐，供奉人等举声，便一时泪下。私成口号，诵示裴迪

四句诗，起承转合，很有节奏感。沉郁而顿挫，显示出不俗的功力和真诚的情感。因为这首诗，朝廷原谅了王维，相信了他不是真心投降。毕竟是盛唐的朝廷，还是理解诗人的。

万户伤心生野烟，百僚何日更朝天。
秋槐叶落空宫里，凝碧池头奏管弦。

送杨少府贬郴州

写作时间不详。安史之乱后，很多人因为陷贼变节被贬。这些人都是被贬到生活条件不好的地方，且很难翻案，很可能是有去无回。杜甫此时忙着送别被贬的故人，想必王维也不例外。诗中的感情非常沉痛，应该不是一般的送别，因而很可能作于安史之乱后。借对巧妙，富于形式感。

明[1]到衡山与洞庭，若为[2]秋月听猿声。
愁看北渚[3]三湘远，恶说南风五两轻。[4]
青草瘴[5]时过夏口[6]，白头浪[7]里出湓城[8]。
长沙不久留才子，贾谊何须吊屈平。[9]

1. 明：明日。
2. 若为：怎堪。
3. 北渚：屈原《湘夫人》有“帝子降兮北渚”之句。此句言行程遥远，令人担心。
4. “恶说”句：五两为测风仪器，风大则轻。南风大则南下艰难，故“恶说”。
5. 青草瘴：夏季的瘴气。
6. 夏口：在今湖北武汉。
7. 白头浪：白色的巨浪。
8. 湓城：在今江西九江。
9. “长沙”二句：贾谊被贬到长沙时，看到此地多瘴气，预计自己活不久了，又想到屈原也曾被贬到这里，因而写下了《吊屈原赋》。

和贾舍人早朝大明宫之作

安史之乱后的一次早朝，大家对这个劫后余生的王朝怀有无限期待。贾至写了一首诗，同任中书舍人的王维跟岑参、杜甫等后辈一起，与他唱和。王维晚年的应制诗艺达到巅峰，但他对朝廷的心情却越来越复杂。这首诗是应制诗的标准写法，这样恢弘大气的语词，只有王维能说出来，只不过，诗中没有杜甫那样的激动。对于应制诗来说，倒也不见得是坏事。

绛帻(zé)[1]鸡人[2]送晓筹[3]，尚衣[4]方进翠云裘[5]。
九天[6]阊阖(chāng hé)[7]开宫殿，万国[8]衣冠[9]拜冕旒[10]。
日色才临仙掌[11]动，香烟欲傍衮(gǔn)龙[12]浮。
朝罢须裁五色诏[13]，珮声归向凤池[14]头。

---

1. 绛帻：红色头巾。
2. 鸡人：代替公鸡，在宫内报时的人。
3. 晓筹：代表早晨到来的更筹。
4. 尚衣：负责皇帝服饰的宫人。
5. 翠云裘：皇帝的礼服。
6. 九天：指天子所在。
7. 阊阖：宫门。
8. 万国：万方。
9. 衣冠：士大夫。
10. 冕旒：代指皇帝。
11. 仙掌：宫殿前的仙人承露盘。
12. 衮龙：皇帝衣服上的龙。
13. 五色诏：用五色纸写成的诏书。替皇帝草拟诏书是中书舍人的职责。
14. 凤池：中书省，中书舍人办公的地方。

听百舌鸟[1]

咏物七律，继承齐梁歌行传统，而更为规整。
写作时间不详，其情调辞藻与《早朝大明宫》相似，故系于此。
诗中的“上兰”“未央”“御苑”“金堤”“万户千门”“建章”均为汉代宫殿名或汉代宫殿中的景致，这里都用来借指唐代的禁苑。大概是唐皇得到了百舌鸟，养在禁苑中，令百官作诗。

上兰门外草萋萋，未央宫中花里栖。
亦有相随过御苑，不知若个向金堤。
入春解作千般语，拂曙能先百鸟啼。
万户千门应觉晓，建章何必听鸣鸡。

1. 百舌鸟：鸟名，鸣声变化多端。

晚春严少尹[1]与诸公见过

察其诗意，当是在王维出任中书舍人之后，而地点仍是别业。

松菊荒三径，[2]图书共五车[3]。
烹葵邀上客，看竹到贫家。
鹊乳[4]先[5]春草，莺啼过落花。
自怜黄发[6]暮，一倍惜年华。

1. 严少尹：严武。
2. “松菊”句：古代隐士蒋诩，只与两个朋友来往，故园中只开三径。陶渊明《归去来兮辞》有“三径就荒，松菊犹存”之句。
3. 五车：《庄子》有“惠施多方，其书五车。”后世常用“五车”形容书多。
4. 乳：初生。
5. 先：先于。
6. 黄发：老人的头发会变成黄色。

左掖[1]梨花

废名说，这首诗用一个宫殿来写一个花瓣。

闲洒阶边草，轻随箔[2]外风。
黄莺弄不足，衔入未央宫。

1. 左掖：门下省。
2. 箔：帘。

送杨长史赴果州

颔联为警句。

褒斜[1]不容幰(xiǎn)[2]，之子去何之。

鸟道一千里，猿啼十二时。

官桥祭酒[3]客，山木女郎祠[4]。

别后同明月，君应听子规。

---

1. 褒斜：褒斜道，川、陕之间的古道。
2. 不容幰：容不下一辆车。幰，车上的帷幔。
3. 祭酒：酹酒祭神。
4. 女郎祠：祭祀少女神的神庙。偏远之处常有少女神信仰。

冬晚对雪忆胡居士家

晚年之作。
颔联为警句。

寒更传晓箭，清镜览衰颜。
隔牖风惊竹，开门雪满山。
洒空深巷静，积素广庭闲。
借问袁安[1]舍，翛(xiāo)然[2]尚闭关。

1. 袁安：东汉名士。家贫，遭遇雪灾，高卧不出，不与他人争相求食。
2. 翛然：自然超脱。

李处士山居

虽是八句，却是古体，有意识处处打破近体诗的规范。
古体诗的文体规范，不在于形式格律，而在于山水之间的风韵气度。

君子盈天阶，小人甘自免。[1]
方随炼金客[2]，林上家[3]绝巘(yǎn)[4]。
背岭花未开，入云树深浅。
清昼犹自眠，山鸟时一啭。

1. “君子”二句：天阶，皇帝身边的官署。自免，自动离开“天阶”的行列。此二句是反话，称热衷名利者为“君子”，自称“小人”，说我不跟你们争。
2. 炼金客：修行的道士。
3. 家：以……为家。
4. 绝巘：陡峭的山峰。

送别

学古乐府的爽利，其趣味却是文人的。
盛唐古体诗的“高古”，是糅合了古乐府与魏晋文人风度的高古。

下马饮（yìn）君酒[1]，问君何所之。
君言不得意，归卧南山陲。
但去莫复问，白云无尽时。

1．饮君酒：拿着酒让你饮。

崔兴宗写真[1]咏

老人在整理旧物时，发现了一个有趣的现象，不禁莞尔一笑。风趣背后，透露出人生的悲凉。

画君年少时，如今君已老。
今时新识人，知君旧时好。

1. 写真：画像。

书事

诗人的敏锐感受。
除了衣服的颜色与苍苔相似，诗人也在雨中分享着苍苔的冷，苍苔的寂寞。

轻阴阁[1]小雨，深院昼慵开。
坐看苍苔色，欲上人衣来。

1. 阁：停。

张一南

北京大学文学博士，

现为北京大学中文系助理教授、研究员，

从事中国古代文学研究及教学。

想了解更多关于诗人的有趣故事

打开微信“扫一扫”添加小助理

邀请你进入【张一南陪你读诗词】微信群

王维集

产品经理｜扈梦秋　　技术编辑｜丁占旭　　责任印制｜刘世乐

产品总监｜来佳音　　书籍设计｜郑力珲　　出 品 人｜于　桐

图书在版编目（CIP）数据

王维集 /（唐）王维著；张一南编校．-- 济南：山东文艺出版社，2021.6

ISBN 978-7-5329-6376-8

Ⅰ．①王… Ⅱ．①王… ②张… Ⅲ．①唐诗—诗集 Ⅳ．①I222.742

中国版本图书馆 CIP 数据核字（2021）第 059512 号

王维集

WANG WEI JI

〔唐〕王维 著　张一南 编校

责任编辑　王玲玲　　特约编辑　来佳音

主管单位　山东出版传媒股份有限公司
出版发行　山东文艺出版社
社　　址　山东省济南市英雄山路 189 号
邮　　编　25002
网　　址　www.sdwypress.com

读者服务　0531-82098776（总编室）
　　　　　0531-82098775（市场营销部）
电子邮箱　sdwy@sdpress.com.cn

印　　刷　北京盛通印刷股份有限公司
开　　本　787mm×1092mm　1/32
印　　张　6.5
印　　数　7,501—10,500
字　　数　91 千字
版　　次　2021 年 6 月第 1 版
印　　次　2021 年 12 月第 2 次印刷
书　　号　ISBN 978-7-5329-6376-8
定　　价　36.00 元